中国文学名家散文精选丛书

# 墨香时光

郭书霞 著

江西高校出版社

JIANGXI UNIVERSITIES AND COLLEGES PRESS

南 昌

**图书在版编目（CIP）数据**

墨香时光 / 郭书霞著 . -- 南昌：江西高校出版社，
2025. 6. --（中国文学名家散文精选丛书）. -- ISBN
978-7-5762-5616-1

Ⅰ . I267

中国国家版本馆 CIP 数据核字第 2024UD9135 号

责 任 编 辑　李　晔
装 帧 设 计　夏梓郡

出 版 发 行　江西高校出版社
社　　　　址　江西省南昌市新建区工业二路 508 号
邮 政 编 码　330100
总 编 室 电 话　0791-88504319
销 售 电 话　0791-88505090
网　　　　址　www.juacp.com
印　　　　刷　鸿鹄（唐山）印务有限公司
经　　　　销　全国新华书店
开　　　　本　650 mm×920 mm　1/16
印　　　　张　13
字　　　　数　160 千字
版　　　　次　2025 年 6 月第 1 版
印　　　　次　2025 年 6 月第 1 次印刷
书　　　　号　ISBN 978-7-5762-5616-1
定　　　　价　58.00 元

赣版权登字 -07-2024-992

# 自序：献给热爱生命的你我

2016 年是我职业生涯的休整期。女儿知道我喜爱文字，于是帮我创建了公众号《窗边杂货铺》，她说：这个杂货铺，可以容纳生活的所有。你喜欢旅行，这里就是你的旅行记录，你喜欢读书，这里就是你的读书笔记，你喜欢文字，这里就是你的生活琐记。于是，杂货铺就有了随想随记，随行随记，读书笔记三个板块的内容。

打开微信公众号，重读已发表的这些文字，每一篇都凝聚着我当时的心境和梦想。我在和文字的对话中，在旅行的思考中，在阅读的感悟中，渐渐体会到了为梦想而付出的那种快乐，感受到了生命中那种简单的愉悦。

这个过程中我也享受着独处的快乐，享受着亲情的快乐，享受着自由的快乐，而生活也因这种快乐变得纯粹，温暖，闲适。

回想过去的这些年，为了文字的配图，我开始抓住眼睛所见的每一处风景；为了创作，我开始留心生活中的每一个细节；为了捕捉在脑海中一闪而过的灵感，我会常常旁若无人地进入思考，会随时在手机备忘录里记录，也会随时在微信里给自己留下一段语音。在原创的过程中，我渐渐发现自己知识的贫乏，发现自己想象力的局限，于是，我又开始阅读，读历史，读哲学，也开始涉猎科幻、艺术等相关领域的知识。在这个过程中，读到的听到的学到的东西虽然会常常忘记，但却慢慢改变着我。很多时候，看待问题多了理性，而生活却更多了感性，也多了一种沉浸式的快乐。

有朋友建议把这些文章结集出版，于是我从中选了一部分汇编成册。虽然文章不很成熟，但每一篇都凝聚着我当时的心境和梦想。

　　但愿我的文字能给大家带来快乐和温暖！

2024 年 10 月 22 日于太原

# 目 录
CONTENTS

第三辑
关于生命

第四辑
走过四季看风景

第五辑
关于故乡

第一辑

# 走过岁月

# 日子

日子就这样迈着匆匆的脚步从身边无声地走过。

旧年元旦的钟声似乎还回响在耳边，旧年春节的烟花似乎还美丽着夜空，新年的岁首已在咫尺间招手。

春天里那片新芽还在惊喜中成长着，秋天的落叶已厚厚地铺满脚下；夏日的骄阳似乎还炙烤在空中，冬天的雪花已亲吻过城市的每一个角落。

日子就这样匆匆流逝着，在抬起的脚步之间，在车轮的旋转之间，在咖啡的冷热之间，在液体的点滴之间，悄悄地，无声地走过。

年初的工作笔记里写满了计划，年末整理时才发现完成的没有几个，事情总是拖延进行着；新年许下过诸多愿望，现在才发现实现的也没有几个，愿望总是在准备实现时来了这样那样的"意外"。

日子就这样无声地流逝着，在拥堵的道路上，在交错的杯盏间，在呢喃的夜语中，在紧张地工作时，匆匆的，走过昼夜，走过季节。

我们总是感觉时间不够，又常常感到茫然，而日子却无声无息地走过四季，来不及细细品味，总是在某个季节留下遗憾。

日子在黑白交替间走出日月，在季节变换中走过岁月，在敲响的钟声里迎来了一个又一个新年。

岁月在日子匆匆的脚步里绵长，生命在岁月更替的年轮里缩短。

我们总是习惯回头看走过的日子，憧憬明天的日子，往往忽略了今天的日子，日子就这样在回头抬头之间匆匆走过。

每一个新年的到来，都开启了生命新的里程。生命在新年的更迭中成长着，新年在成长的生命中奔跑着，时光跑道上，生命的成长似乎永远追不上新年的脚步，放慢速度才发现，生命的成长不在奔跑的速度上，而在奔跑的里程中。

生命历程中每一个走过的日子，都是生命中值得珍爱的日子。

珍爱日子，就是珍爱生命，珍爱生命，就要珍爱生命的所有：健康，情感，还有灵魂。

当有一天，上帝想和你牵手的时候，你可以微笑着告诉自己，你生命中的每一个日子都是最好的日子。

响彻夜空的烟花消失了，难忘今宵的歌声远去了。

年的气息还在继续——

杯酒交错的聚会，张灯结彩的城市。

当元宵节的爆竹再次点燃夜空，汤圆在沸水中欢呼雀跃时，年，才会在夜空中渐渐散去的烟雾，碗中汤圆渐渐冷却的温度中无奈而去。

年，过了，代表生命的那个数字大了。

年，过了，标志人生的那些符号多了。

在过年这段时间，我在亲朋好友"生日快乐"的祝福中，急急忙忙叩响岁月又一道门。

虽然无数次笑谈过生命的"老"，虽然早已做好准备从容面对，但当这一天真正来临，当随之来临的还有偶现的白发，眼角的皱纹时，我对岁月带给生命的这份礼物还是有了些许惊慌。

惊慌时间都去哪了，惊慌时间怎么就这么溜走了。

朋友相遇，同学聚会，聊起旧事如在昨日，但已是 20 年前 30 年前的故事。

在生命旅途中，走过多少人，有过多少梦？

很多人走着走着就散了，很多梦揣着揣着就忘了。不知不觉中很多的记忆模糊不清。

不知从哪一天起，开始喜欢安静，开始喜欢历史，开始喜欢禅茶，开始喜欢从前不喜欢以为一直不会喜欢的很多事情。

不知从哪一天起，少了急躁，多了从容，少了苛刻，多了宽容，少了激情，多了淡定。许多人许多事，因为懂得，有了慈悲。

当除夕夜从父母手中接过红包时感觉自己还是孩子，当吹着生日蜡烛吻着生日花香时以为自己还在青春年少，生命已在年的炮声中，悄然走过半百人生。

从前喊着叔叔阿姨现在成了自己，从前喊着爷爷奶奶也即将成为自己，生命，终究难以阻挡岁月的脚步。

如傲雪的梅花，在绽放之间刻下一道道年轮。

年过了，一切回到原有的样子，唯一回不去的就是年带给生命的那个数字和数字带给生命诸多的变化。

想起多年前在异地出差，坐在星巴克的窗边，看着匆匆行走的路人，想到生命的轮回时还庆幸自己的年轻，不承想今天的自己面对年龄也有了淡淡神伤。

四十不惑，五十知天命。不知从哪一天起，开始相信命运，不自觉地用它解释着一切。开拓、进取、创新、改变，似乎已是青春的专利，随缘、淡然、平和、低调成了生活的坐标。

儒学也好，道学也罢，其实，生命就是自然界的个体，一切本应遵循自然规律。你可以抓住青春和时光赛跑，你可以弯道加油赶超岁月，但人生的终点没有输赢。

在人生的跑道上，能加速时则加速，该减速时要减速。生命经过的每一段旅程，都是生命中独有的，不可复制，不会再现。每一段都是最好的风光，每一段都有最美的风景。

面对生命，我们最好的状态就是珍爱现在，不再去遗憾错过旅途中下一段风景。

# 火车的记忆

火车于我是一段青春的记忆，一段成长的记忆，一段情感的记忆。

18 岁外出求学，第一次坐火车到省城，是和小舅。那时的省城对我只是地理书上的一个名字，一个省会城市的名字。

小舅大我几岁，也是第一次出门，他背着所有行李，拉着皮箱，在邻县的火车站等候那辆 22：30 经过的列车。

车厢里到处是人，混杂着难闻的气味，小舅在几位似乎也是学生的身边停下，把行李放在过道，让我坐下，他就站在我身边，扶着座椅椅背看那几个学生打牌。

时而有人起坐去卫生间，小舅就瞅空坐下几分钟，我一直坐在行李上，不时抬腿为旅客让着路……

就这样，我在火车行进的困意中，在中途停靠的清醒中，度过了七个半小时的旅程。

火车于早上 5：40 到达省城。

我对火车最初的记忆就是拥挤和困顿。

第一次寒假，从省城回故乡，也是晚上 22：30 从省城发车，我们几个同学结伴而行，在男同学的庇护下很快挤进车厢，占领座位，然后迫不及待地在小桌上铺开报纸，摆好扑克牌，开始刚才在候车中继续的战斗。

没有睡意，没有疲倦，年轻的我们一路开战，直到早上5：40到达邻县，然后在漆黑的寒冷中登上那辆寒冷如冰窖的长途大巴。

19岁的寒假，远在内蒙呼市的表哥要结婚，我被委派亲戚团代表陪同67岁外婆前往。

也是夜车，正值正月，恰逢春运返程高峰，站台上拥满了黑压压的人头，到站的火车似乎还没有停稳，车门已被堵得水泄不通，有旅客翻窗而入，瘦小的我搀扶着同样瘦小的外婆望而却步。

火车在汽笛声中启程了，抛下了我和外婆。

改签车票，继续等候下一辆……

当一小时以后的下一列火车到站时，旅客似乎少了很多，但仍然拥挤，仍然有人翻窗而入。忘记了我们怎样被挤上列车，但无论如何，我们被挤上了车。

车厢内早已没有空间，行李架，过道上，甚至座椅底下，都是行李和背着行李的旅客。

艰难地走过一节又一节车厢，看着或坐着或站着的疲惫的旅客，我知道，我为外婆找寻坐处的一丝希望也没有了。

那时，我只有一个信念，不能让年迈体弱的外婆一直受累。于是，不知哪来的勇气，也不知怎样冒出的念头，我忽然想到去找列车长。记忆里，在艰难地穿梭过无数节车厢后，我找到了穿着制服的列车长，似乎是鼓足勇气向他说明了情况，他竟然给我补了一张卧铺票，还把我们送到了那节卧铺车厢。

那个记忆至今难忘。列车长领着我和外婆穿过挤满旅客堆满行李充满各种气味的车厢，走进一节灯光昏暗有着狭窄走廊的车厢，他指着其中一处床铺告诉我们就是这里时，我似乎惊呆了：在昏暗的灯光下，我看到了一张雪白的床铺，那是一种干净的白，是一种安静的白，那种白我至今难忘。

列车长看着外婆在床铺坐下，还特许我留下来照顾外婆。

那个晚上，我一直坐在外婆身边，那张雪白的床铺边上。

那个晚上，我知道了那个床铺叫卧铺。

多少年以后，我坐过无数次软卧硬卧，一直难忘那种雪白，但似乎再也没有过。

20岁那年国庆，我和他结伴而行。没有约定，我说想回家，他说他也想回家，于是同行。

我们相邻而坐。因为只有我们两人，不能像往常一样组成牌局，也没有寒暑假那样的喧闹，我们开始聊天。

从各自的童年聊起，聊到高中生活。他给我讲发生在他们男生宿舍的故事，我给他讲我们女生的趣事。我告诉他毕业册上我最喜欢他的那句留言，他告诉我那是他最用心的留言。

那晚的旅程似乎很短，几个小时一闪而过。似乎还有很多故事要讲，列车报站了。

我只是清楚地记得我们有过短暂的沉默，沉默中我听到了自己的心跳，似乎也听到了他的心跳……

毕业后，我留在了省城。节假日，火车依旧是我回家的唯一交通工具。

有一次回家，我没有买到座位，一位年长我几岁的男子把座位让给了我。后来，我们在候车室碰到过，在同一车厢碰到过，因为在同一站点下车，又有了彼此的几次偶遇，于是我们渐渐熟识起来。

后来，我们常常一起相约回家。火车的旅程不再是我一人，有了兄长的陪伴，多了兄长的呵护，旅程不再寂寞。

于是，在火车的往返之间，从陌生到熟悉，从相知到相恋，我们约定相伴一生。

女儿出生后，火车仍旧是我们回到父母身边的唯一交通工具。

后来，有了长途大巴，虽然时间灵活了许多，车次也多了，但火车依旧是我出行不变的选择。直到高速公路通车后，我们有了自己的车，火车才渐渐从我的旅程中远去。

2017 年，家乡通了火车。我带着女儿专程回了一趟故乡。

新开通的火车速度快了，车次也多了，晚班列车已不是唯一的选择。

火车载着我们从省城驶向故乡，穿过那条长长的隧道，驶过广袤的大地，掠过雄浑的山脉，当故乡的景致呈现在眼前时，我忽然想起第一次乘火车的青涩，想起那张卧铺的雪白，想起那次同行的心跳，想起无数次的欢乐和温暖。看着身旁的女儿，仿佛看到曾经的自己，一种无言的感动涌上心头。

岁月，不就是这列火车吗？承载着我的青春，我的成长，我的情感，在我的生命里呼啸远去，只在记忆里留下这些温暖的回忆。

这些记忆，是我生命中最珍贵最美好的记忆。

# 相逢如初见

休息日回了家乡一趟，见到了少年时的闺蜜。30年再见，彼此身体都微微发福，眼角有了皱纹，白发隐约在双鬓。但那眼神，那笑容，那语调，那声音……那么的熟悉，那样的亲切，仿佛又回到了那年那月，一切就在昨天。

没有陌生感，只有一如往昔的亲切。彼此说着那些年的故事，搜寻着各自深刻的记忆，少年往事被一点一点再现：那条熟悉的小巷，那个杂乱的大院，原来一直在闺蜜的脑海中；那个小个子的女生，那次奇异的历险，原来一直都在她的记忆里。

她告诉我，我们同桌时一起筑过梦，还相约，共同完成一部关于青春的小说。当她说出彼此为自己起下的笔名时，我内心有些潮湿。

原来岁月，不只是改变了我的容颜，还清空了我一段记忆，删除了一个梦想。

曾以为记忆是无限 G 的硬盘，可以存贮生命的所有，或是一座博物馆，能留住生命中珍贵的记忆。才发现，记忆不是硬盘也不是博物馆，记忆更像是生命旅程中的照相机，在成长的旅程中，会为了适应生存淘洗掉太多的东西，为了迎合现状过滤掉很多的记忆，甚至有时会忘了初衷…

三十年后的相见，开启了封存的记忆，唤醒了心底的那个梦想。原来，相见，不仅仅是了却思念。记忆中那段往事，念念不忘的那些个名字，原来一直都在我们的生命里。

年少时，以为岁月的脚步很慢，慢到可以随心所欲地追赶它，可以无所顾忌地消费它；以为岁月可以停留留住年华留住梦想，也可以退后退到能够等待一切机会重来；

但当岁月不慌不忙不快不慢从生命中走过时，才明白，天地间，唯有岁月的脚步不会停留。

当我们在三十年后再执手慢聊过去时，才明白，无论分别多久，再见，一样如故，仿佛昨日。

相逢如初见，回首是一生。

# 报纸的墨香，浸润生命的那些时光

喜欢读报。

喜欢闻着它的墨香，翻看它的版面。

在那淡淡的墨香中，一个版面一个版面地慢慢翻阅，那墨香氤氲在鼻翼间，那文字跳跃在眼前，每每这时，总有种遥远又熟悉的记忆在脑海中闪现，一页一页的版面似乎翻阅起一幕一幕的往事

悠悠的久远的记忆就在墨香中缓缓而来……

三十年前，独自在省城漂泊。那时刚满二十岁，梦想正在生命中开着茂盛的花。因为喜欢文学，幻想要成为一名记者或作家，梦想就成了漂泊的勇气。于是工作之余，写作成了我丰富的业余生活。那一段时间，似乎热衷于给报纸副刊投稿，也喜欢看到副刊上自己的署名。那一篇篇在报刊上变成铅字的小文曾经带给生命很多骄傲和自豪。

那时候，报纸是最爱的读物。我订阅了有文学副刊的《人民日报》《光明日报》《新民晚报》《太原晚报》等，几乎每晚入睡前都要翻看。尤其《太原晚报》副刊，似乎成了我实现梦想的平台，不断地有文字见报，也激励着我不断地写作，写漂泊的梦想，写青春的情感，写生活的

见闻……

忘记了发表过多少篇小文，但报纸的墨香，浸润了记忆中的某些情感，让我再一次感受到写那些小文时沉浸的快乐和看到小文变成铅字的愉悦。

后来，随着年龄的增长，工作和家务的繁忙，写出的东西越来越少，发表的文字也越来越少，那个梦想也和成长的岁月慢慢告别，渐渐淹没在忙碌的日月中。

但读报仍是我最喜欢的事情。

每次出差坐飞机，总会在入舱时随手拿一份报纸，然后落座后开始翻看，因为时间充足，这些报纸往往看得较为仔细，每个版面都会认真看完。有段时间，《参考消息》《环球时报》成了最爱。

读报时，我喜欢看完第一版直接去看最后一版，然后再从第二版开始一版一版翻看，目光掠过那些醒目的标题，有时也会在某一个标题上停留。但常常总是会捕捉自己感兴趣的内容去阅读。报纸的功能就是时效性和大众性，也有娱乐性。很多新闻报道能真实地感受到记者的情感，很多文学副刊也常常能见到名家的文字。读到喜欢的文章时，就会把载有文章的那个版面保存起来，以待日后学习查看。

至今，我还留存着一摞曾经珍爱过的旧报纸，它们静静地躺在房间的角落里，那些淡淡的墨香，浸润着记忆中太多美好的时光。

有一段时间，爱上了杂志，什么《读者》《青年文摘》《新华文摘》《十月》等，因为这些杂志文学性更强，也更满足我阅读的喜好。再后来，有了手机，杂志也不读了。

19年到香港参加女儿研究生毕业典礼，正值香港动乱，因为女儿租住的房间没有电视，我就去报摊上购买报纸。香港的那间报刊亭让我对城市消失多年的报刊亭回忆了很久。

那时候，几乎每个城市都有报刊亭，周末闲暇之余，我总会在报刊亭买张《南方周末》《环球时报》等消遣。有一段时间，好像是受到某个电视剧的影响，喜欢早餐桌上读报，一边吃饭，一边缓缓浏览着报刊题目。

这两年，新冠疫情让奔跑着的生活放慢了脚步。居家的日子越来越多，阅读的时间也似乎越来越多。除了手机，书籍、杂志、报纸似乎重新回到了生活中，尤其报纸，像一位久别重逢的老友，带着青春温暖的记忆和曾经熟悉的情感慢慢走进我的日常。我又开始了在副刊上的投稿，间或地，又有小文不断见之于报。

喜欢读报。喜欢展开版面时散发出来的阵阵墨香，喜欢翻阅版面时来自纸张清脆悦耳的声响，还喜欢一版一版翻看后再一版一版整理后的喜悦。

读报带来的这种感觉，就像隐藏生命中某个角落的秘密，总给生命带来惊喜，而报纸留给我的情感，除了这些秘密，还有根植生命中那个关于梦想的记忆。

# 咖啡的记忆

90年代后期，城市有了西餐厅。

那时的西餐厅装修豪华典雅，环境温情浪漫，铺着印花桌布的长方形餐台，褶着裙边的红色丝绒窗帘，闪烁着无数水晶体的圆形吊灯，排列着黑白键盘的三角钢琴，光线柔和，音乐舒缓，香气弥漫，那是我对西餐厅最初的记忆。

一杯黑色的饮料，盛放在蓝色的小瓷杯中，瓷杯精致小巧，放在同样小巧精致的小碟中，小碟边上放着小块白色的方糖和一只如拇指大的小勺。那黑色的饮料香气萦绕，味道苦中带甜，那是对咖啡最初的记忆。

后来，城市的西餐厅多了起来。因为喜欢西餐厅的环境而喜欢上了咖啡。那有着酒香花香果香糖香还有着淡淡焦糊味道的香气，和着从钢琴键盘飘出的优美的乐曲，弥漫在西餐厅柔和的光影中，浪漫迷人。

那段时间喜欢蓝山咖啡，因为喜欢她的名字，从而喜欢上了她的味道。黑色的咖啡汁盛放在那套精致的带着托盘的咖啡杯里，咖啡的香气萦绕在鼻翼，轻轻地端起托盘，闭上眼睛吮吸着她的香气，然后喝上小小的一口，那是对咖啡最美的记忆。

现在想想，那时对咖啡其实不了解，喜欢咖啡，其实也就停留在喜欢她的名字，她的香气，盛放她的容器，还有西餐厅的环境附加给她的浪漫和时尚。记得有几次，因为喜欢比利时那套壶具而喜欢点单比利时咖啡，因为喜欢卡布奇诺的名字而喜欢上了她的口味。

再后来，城市的西餐厅渐渐多了起来，我也似乎越来越痴迷于那一小杯黑乎乎的饮料，开始追逐着光顾城市的每一家西餐店，上岛咖啡、外滩风尚、1950 等西餐厅成了那段时间朋友会面，商务约谈的必去场所。

咖啡，也不再停留在唇齿之间，开始研究蓝山、巴西、比利时咖啡产地和口感的区别，拿铁、摩卡、卡布奇诺原料和样式的不同。

后来，随着雀巢咖啡走进超市，星巴克走进城市，咖啡逐渐大众化。从办公室到早餐桌，咖啡不再是西餐厅和咖啡屋的专享，从速溶咖啡到挂耳咖啡慢慢到自己研磨手冲，咖啡成了生活的日常。

不再喜欢卡布奇诺的浪漫，也不单纯追求咖啡的高雅，从一小杯意式到一大杯美式，咖啡，不再是时尚，喝咖啡也不再需要环境，闲暇时光，坐在窗边，不管窗外是如画的风景，还是车水马龙，咖啡的香气总会让我沉浸在时光里。

常常的，在一缕缕香气中，旧日时光的点点滴滴会慢慢从心底升起，常常地变化成不同的场景，化作一杯杯咖啡，搅动着我的记忆，在这些时远时近的记忆里，总有一杯咖啡的香气，萦绕在脑海：会想起在西班牙海边城市那个简易的咖啡屋里，我和朋友坐在高脚的原木椅上，和当地人一起喝着一美分的咖啡的那种愉悦；在丽江古镇那个阳光照射的二楼阳台上，闻着花香听着歌声写着文字的那种惬意；也会想起深夜里那杯放了糖的蓝山搅拌的甜蜜，公园湖畔那杯冷却了的拿铁守护的心事……

从西湖岸边到黄浦江边，从沙溪古镇到漠河小镇，从马拉加到马德里广场，从佛罗伦萨到直布罗陀海峡……

走过的所有城市，似乎都有关于咖啡的记忆。这些记忆，在岁月的烘焙中，厚重着友情，点缀着生活，芬芳着生命。

不知不觉，咖啡已陪我走过天命之年。三八节那天，和朋友走进那间熟悉的咖啡屋，那满屋的香气再次触动了我的记忆，于是有了这段文字。

咖啡，在未来岁月还会有新的记忆。

## 记忆<br>歌声里的

　　音乐环绕在洒满阳光的客厅，歌声在乐声中时而低沉，时而浑厚，时而轻快，时而动情。

　　熟悉的旋律，熟悉的声音，熟悉的歌词，把我带回到曾经的岁月里，唤起了很多关于唱歌的记忆。

　　想起小时候，记不得几岁了，住在奶奶村里，那年村里有个唱戏班，唱戏的小姐姐们借住在奶奶家里。因为我那时讲普通话，小姐姐们就让我教她们普通话，然后她们教我唱歌。

　　《军港之夜》就是那时候学唱的。小时候学唱很快，声音也好听，于是还唱出个事件：领班的姐姐和奶奶商量说想带我去唱戏班学唱。

　　奶奶在世时，常常说起这件事，后来奶奶过世也就没人再提起。记忆随着时间的流逝变得模模糊糊，不再清晰。

　　似乎因为那些小姐姐们的夸奖，我开始喜欢上了唱歌。

　　中学假期在外婆家，每天早上第一件事就是跑到舅舅屋里，打开他那台录音机，换上他新买的磁带，开始学唱。记住了邓丽君，苏小明，张明敏的名字，学会了《在雨中》《外婆的澎湖湾》《我的中国心》等歌曲，记忆里，这些歌声属于整个假期。

80 年代末，在省城上学，那时候齐秦、王杰风靡校园。

《冬雨》《大约在冬季》《原来的我》《一场游戏一场梦》，忧郁深情的歌声敲击着无数青春萌动的心。那时，校园里每天有男生弹着吉他学唱，我也曾蠢蠢欲动，后来因为没有条件购买吉他也就放弃了学弹。但那些歌声那些吉他声，伴随了一段难忘的青春。

90 年代末，城市有了歌厅。记得那时公司一个地产项目正在建设中，我们办公地址就设在工地里。工地旁边有一家歌厅，由于工地办公室潮湿阴冷，旁边的歌厅就成了我们午休的选择。那段时间，中午 k 歌成了我们几个要好的姐妹最快乐的事情，我的 K 歌水平也就在那时候得到提升。

那段时间，喜欢潘美辰浑厚的饱含着情感的歌声，《我想有个家》《我曾用心地爱着你》也就成了每次 K 歌必点曲目，周冰倩《真的好想你》，王馨平《别问我是谁》，田震的《干杯朋友》等歌曲，至今都好似在脑海回荡，那些日子，也深深地印在了我的职业生涯里。

后来，量贩式 KTV 取代了歌厅，我们三五好友经常聚在一起，会唱的不会唱的，男生女生高音低音独唱对唱，一唱就是几小时。周华健的《朋友》、张学友的《一路有你》、吴奇隆的《祝你一路顺风》、韩红的《天路》、梅艳芳的《女人花》、林忆莲的《至少还有你》、凤飞飞的《掌声响起来》，还有《无言的结局》《萍聚》《心雨》等，所有想唱的能唱的会唱的，都要唱一遍才罢。

学歌也方便了很多，从磁带到光碟到 mp3，后来到手机到蓝牙播放器，随时都有歌声陪伴。春节联欢晚会的经典歌曲、电视综艺节目的流行歌曲，只要看到听到就是办公室、路上车上的单曲循环。

王菲、李健就这样成了喜欢的歌手。那段时间，他俩的歌声在耳边反复循环，王菲的《传奇》《红豆》《匆匆那年》，李健的《贝加尔湖》《风吹麦浪》《假如爱有天意》，也一度成为走进 KTV 的专属点唱。

学唱一首歌，有时候是因为歌词，有时候是因为音乐，也有时候是因为特定的心境或场合。

在西藏旅行时，因为仓央嘉措而学会了降央卓玛的《那一天》，在丽江的咖啡屋独坐喜欢上了小倩的《一瞬间》，在新疆的戈壁滩上感受到了刀郎的深情，在希拉穆仁的草原上体会到腾格尔的豪放。

往事一幕幕回放，歌声仍在耳边回响。

那些熟悉的歌声，曾陪伴生命走过多少温暖的日子，那些逝去的日子，那些走散的人，在歌声中出现，却难再见。

随着歌声远去的不只是岁月，还有很多情感。

"我们不慌不忙，总以为来日方长，我们等待花开，却难敌世事无常，眼底的光芒，后来一层层消亡，这时光，太会忘，我投降。"

梅朵的《总以为来日方长》回荡在洒满阳光的客厅，忽然有一种"初闻只知曲中意，再听已是曲中人"的感伤。

这几年，听歌多了，唱歌少了。偶然想学唱一首，感觉全是乡音。

才发现，歌声里已只有记忆。

# 第二辑

# 亲情友情

# 外婆

跟随着母亲，穿过茂密的玉米地，来到外婆的墓地。

坟冢上青草茂盛，乌黑的墓碑静默在青草之间。母亲掏出纸巾，轻轻地把墓碑擦拭干净，摆上带来的水果和点心。

点燃的冥币在头顶上盘旋。

我跪在墓碑前，眼泪模糊了视线。

外婆，这么多年了，不知你是否已习惯了那里的生活？

清楚地记得那个阴郁的午后，我拿着外婆的胃部彩超影像，前往省城肿瘤医院去咨询那个约好的大夫。

母亲的电话打了进来，告诉我外婆走了。

我的大脑瞬间空白，四肢无力，双手颤抖。

似乎好久好久……

后面不断响起的喇叭声，催着我在马路边停了下来，在汽车停靠的刹那，眼泪流满了面颊。我不敢相信，也不愿相信，外婆就这样匆匆离去。本来约好这个周末要等我回去，还吩咐我回去不要自己开车，200多公里的路程太远，怕我劳累……

外婆出殡前日，飘了一整夜大雪。我从出差的城市连夜飞回，却被大雪堵在了高速口。

等我回到故乡时，外婆已经躺在了那堆湿润的黄土下。

我贴着那冰凉的黄土，好似贴着她冰冷的肌肤，我想着她躺在棺木中的样子，和她做着最后的道别。

没能穿着孝衣，陪外婆走完最后一程，是我今生最大的遗憾。

后来母亲常说，老人都是这样，最疼谁，谁最远，那天送行的孙辈中只有我回来最迟。

记忆里，我是外婆抱着长大的。她抱着我去邻家串门，抱着我和她的朋友玩牌，抱着我和花猫咪一起晒太阳，抱着我在她不变的故事里进入梦乡。

童年里，最深的记忆就是每个暑假回到外婆在农村的小院。小院里总是开满了各种花，月季，大丽花，喇叭花，五颜六色地盛开在篱笆旁，匍匐在院墙上。

篱笆外，是外婆自制的一缸缸面酱。

我喜欢独自坐在小院里，闻着花香写着暑期作业，累了，取一小块面酱，含在嘴里，感受它微微的甜，淡淡的香，和浅浅的咸。

夜色来临时，看着外婆在灶边忙碌的身影，闻着飘出来的饭香，我就早早搬出小桌小凳，和外婆就着月色晚餐。晚饭时间总是很长，外婆会讲母亲的故事，小姨的故事和舅舅们的故事，他们的故事是外婆永远说不完的话题，她常常开心地讲着，直到星星布满天空，直到我渐渐犯困。

每年暑假，总有个陌生舅舅送来一篮一篮的黄杏。小舅开玩笑说那是外婆救下的干儿子。后来才知道，那个陌生的舅舅是走街串巷的生意人，一年的酷夏，因为劳累，晕倒在巷口，是外婆把他背回家，叫了村医救醒他。

母亲说，外婆就是这样一个人，村里谁家孩子多，生活困难，她总会想着去接济，谁家老人病了，子女不在跟前，她也会常去照料。

在我童年的记忆里，外婆家里总是有很多人，聊天打牌，总是热热闹闹。

在我童年的岁月里，外婆给了我太多美好的记忆，这所有的记忆，都包裹着浓浓的爱，宠着我的生命。

长大后，和外婆在一起的时间渐渐少了，但外婆的问候从来没有中断过。逢年过节，外婆就开始念叨我的归期，她总是早早地准备好我喜欢的各种吃食等我回去，等我回去了，总会一样一样摆在我面前，生怕我吃不好吃不饱……

那些和外婆一起度过的节日，如今成了我生命中无法企及的奢望。

外婆身体瘦弱，长年多病，即便这样，女儿出生后，外婆还是坐了十几个小时的火车到省城来看我，帮我照料女儿。

她总是放心不下我，怕我照顾不好自己，更照顾不好女儿。在她心中，无论我多少岁，永远都是长不大的孩子。

在我的生命岁月中，外婆给了我太多温暖和幸福的时光，在我的感情世界里，外婆也一直是我最重要的惦念和牵挂。

如今，那些温暖而幸福的时光成了生命的回忆，对她的惦念和牵挂成了时常萦绕梦中的思念。

外婆离开我们十五年了，这些年里我一直想写点什么，但一直无法提笔，总是笔未动，泪已成行。

或许是爱至极，无言，或许是悲至极，不能言。

这个中元节的晚上，在不断模糊的视线里，再次打开永存心头的这份思念，写下这些文字时才发现，原来在我心中，外婆一直未曾离去。

# 素描母爱

假期，照例陪父母度过。

睡梦中，听见母亲很小心地走进我的房间，又很小心地轻挪着脚步走出，随后轻轻关上了屋门，生怕闹出动静吵醒我。

客厅没有开灯，只有厨房透出的灯光在走道上。

睁开眼，打开手机，凌晨 6 点。

窗外漆黑一片，偶有汽车灯光从窗前划过。

慵懒地躺在床上，贪恋着被窝的温暖，静享着家的感觉。

厨房的豆浆机开始工作，听见老妈对老爸说：关上厨房门，一会儿声音就把她吵醒了。

我听见了轻轻的关门声。

起床。走进客厅，茶几上我的水杯已满，温度合适。

母亲听见动静，从厨房出来：

"这么早啊，把你吵醒了。"

母爱，就这样开启一天的早晨。这样的早晨，只要在母亲身边，从来没有改变过。

上午出去约了个朋友，中午时分，朋友挽留午餐，我极力回绝，告诉她，老爸老妈在家候着呢。话音刚落，电话响起，老妈催着回家吃饭。

回到家，满满一桌子饭菜，都是我的最爱。

母爱，就这样摆满面前的餐桌。这样的待遇，只要在家，永远没有改变过。

饭后，争取了洗碗的权利。下午又去超市买了些家用及父母爱吃的水果，回到家老妈就是一阵抱怨：回家也不歇歇，不是洗碗就是买东西，这么重，一个人怎拿了回来，也不给我们打个电话。

我感慨良久。母亲，为儿女干了一辈子活，从来没有听到过怨言。儿女的举手之劳，就让母亲挂在了心间。

母爱，就是这样无怨无悔的甘愿付出，抱怨，只是爱的形式的转移和爱的情感的升级。

晚上，陪老妈看喜欢的电视剧。只要是广告时间，老妈就会站起身，端一杯水，递一个苹果，说酸奶健胃要喝，核桃补脑得吃，所有茶几上的东西都要挪到你手里。她喜欢你吃着零食，玩着手机，看着电视的状态，她诙谐地说这是生命最放松的状态。

母爱，就这样永远把你当孩子一样。只要回到母亲身边，你就可以享受她的娇宠，贪恋她的慈爱。

母亲的爱，就这样一点一滴，一时一刻，滋养着我。

母亲节到了，不知用怎样的语言表达我对母亲的爱。在母爱面前，所有的词语都弱小无力。于是记录下假期和母亲共度的一天生活点滴，用以诠释母爱。

母爱是什么？

母爱就是襁褓中，甘甜的乳汁、低吟的摇篮曲、365 天的昼夜呵护；

母爱就是童年时，亲切的呼唤、牵着的大手、随时都拥你入怀的温暖。

母爱是什么？

母爱就是校门口，那个夜色中等你的身影，那把骄阳下撑开的伞，那顿没来得及吃的早餐；

母爱就是深夜里，那杯热了无数次的牛奶，那把为你驱蚊的蒲扇，那个你熟睡时轻轻掖了的被角。

母爱是什么？

母爱就是盼着你长大不舍你远离的那份纠结，是看着你飞翔心疼你翅膀的那份牵挂，是看着你照片等着你视频的那份思念。

母爱就是节假日渴盼你回家又不忍你舟车劳顿的那个电话，是你回家后摆满餐桌的菜肴，问长问短的寒暄，忙前忙后的身影，是你离家时拎不动的大包小包。

母爱是什么？

母爱就是，在你成长中生出的根根银丝，在你离家后渐渐苍老的容颜，在你岁月里缝制的一针一线，在你生命里反复的叨叨念念；

母爱就是，在你生活中根植幸福的分分秒秒，在你日子里恒定温暖的日日夜夜。

母亲节，素描的母爱，却是生命里最浓郁的色彩。

# 送站

寒假的一个周末，我和女儿回故乡看望父母。

返程时，父亲执意要送我和女儿去车站。

车站离母亲家大约半小时路程，天气虽然晴朗，但空气寒冷。

到了车站，取了票，离开车还有十几分钟时间。和父亲告别后，我和女儿安检后走进候车厅。

透过候车厅宽大的玻璃，我看到空旷的车站广场上父亲孑孓而行的身影。他身穿黑色棉服外套，那厚重的棉服还是掩不住他清瘦的身躯，他的背微微有些驼，他的腿，迈开步子时有些弯曲。我忽然一阵心酸，父亲老了。

我看见父亲掏出手机看了一眼，然后走到了广场台阶下，点燃一支烟。

我向他摆手，示意他回去，他没有看到，仍在广场台阶下独自蹀着，抽着烟。

父亲是一个感性的人，但又乏于表达。每次回家，不管住多长时间，只要我定下离开的日子，他就开始闷闷不乐，还无缘无故发些脾气。知道他不想让我走，但又不想让我知道他的心思，于是总是选择送站这一特殊的方式表达情感的留恋。

县城车站小，进了门就是安检口，候车大厅也只有两排十来个座位，所以送站也只能送到车站门口。

父亲每次都是看着我过了安检，然后走到广场台阶上抽支烟，听到检票的播报，他就重新走上台阶，站在候车厅宽大的玻璃窗前向里张望。不管天气多冷或者多热，他一直要等，等到检票了，看着我们走进户外候车区，等到列车鸣笛，他才肯转身离去。

广播里传来开始检票的播报。我看见父亲把香烟掐灭投进附近的垃圾桶，急急走上了广场台阶。

他站在窗边，隔着厚厚的玻璃，摆着手，好像在和我们说着什么，我听不到，玻璃阻隔了他的声音，只看见他整个脸贴在玻璃上，冻红的脸上带着微笑，我走近窗边，却看见他眼里有泪。

从小不喜欢父亲的冷漠和威严，长大后更忽略了和他的交谈，似乎情感上更关爱母亲。但看到他贴在玻璃窗上冻红的脸和眼里的泪，我心头一阵酸楚。

走过检票口，回头，他的脸还在窗边贴着，我转过身的刹那，泪水流满了面颊。

我知道父亲还在窗外，还在那里看着，直到汽笛鸣起……

女儿说想吃外婆的包子。

于是，母亲在我还在梦乡的时间就开始在厨房忙乎。

隐隐的声音从厨房传进我的梦中，渐渐地我从梦中清醒，天色已大亮，阳光透过窗帘宣告着晴朗。

我走进厨房，案几上摆放着已经出笼的包子，一个个精致小巧像白色的待放的花蕾整齐地摆放着，炉灶上，蒸锅冒着腾腾热气，正在蒸腾着新的花蕾。

"妈，你怎这么早就起来，也不叫我。"我亲昵地趴在母亲后背责怪她。母亲笑着回答我："叫你起来能干啥。"

我撒娇地笑着，内心充满了温情。

在古稀的母亲面前，我从来没有感觉自己已是知天命的年龄。

母亲说："快起来收拾收拾，给姑娘顺丰快递去。"

我心头一阵感动。

"原来你就是为了姑娘的一句话呀。"

"是呀，姑娘想吃姥姥的包子，我都问好了，能快递。"

于是，母亲在第二笼包子出锅后，将包子装在一只干净的袋子里，催促我赶快动身。

原来，她已经打听好，在临街熟人开的熟肉店可以将包子真空包装，然后送到顺丰快递冷藏保鲜，48小时即可从雁门关外快递到深圳港口口岸。

我眼里一阵潮湿。

陪着母亲来到熟人店铺，母亲将包子三个一袋三个一袋分装在塑封袋里，然后亲自看着熟人将袋口塑封好，又认真地将塑封好的袋子一个一个装入手提袋，谢过熟人后催促我赶往顺丰快递。

快递小哥将冰袋装入泡沫箱底，然后将塑封过的包子轻轻摆放好，麻利地打包封箱后，笑着告诉母亲48小时后就快递到深圳时，母亲幸福地笑着连声道谢。

母亲，年轻时为儿女付出一切，年老了，又将爱延伸给了我的女儿，而且，这种爱似乎随着母亲年龄的增长，越发浓郁醇厚。如果说年轻时母亲对儿女的爱还有工作和生活的分享，那么他们对孙辈的爱就是生命的全部，毫无保留。

当我把快递单上那组数字发给女儿时，我告诉她，这不仅是收取快递的订单号，而是 组只有外婆可以破译的爱的密码，希望她珍藏。

# 老哥

早晨，途中听到老歌《跟往事干杯》，忽然想起老哥。

老哥是我的一位同事，确切地说老哥是我招聘到公司的。

记得那年公司员工招聘，我作为复试岗接待应聘人员。当初试岗把老哥资料递给我的时候，我看见一位脸庞黝黑，粗粗壮壮的男士犹豫着坐到我面前。他看看我，似乎在怀疑什么，态度懒散而傲慢。

我记得很清楚，一开始他不愿和我对话，一直在问我问题，似乎他是面试官而我是应聘者！但很快他的态度缓和下来，我用我的淡定和"阅历"打败了他的傲慢，他也很真诚地回答了我的很多问题。在面试交谈中，我知道了他在天津一家上市企业做高管，由于家庭原因才回到本地。

后来和老哥熟悉后，他常常说起那段面试。他说他当时看见一个小丫头坐在复试席，一下对公司犹豫了，本想抱着应付的态度和我聊聊然后走人，没想到"小丫头"还挺专业，才打消了他的傲气。

因为这段经历，加上工作常有交集，我和老哥渐渐熟悉起来。知道老哥原是官宦子弟，父母亲都是省厅干部。他因不愿仰仗家庭关系，所以大学毕业后独自在外省打拼，由于家庭原因才决定回来。

老哥不善与人交往，感觉总是很傲慢，也很孤僻。但相处起来你会发现他简单直爽，工作也从不推诿，敢于担当。所以我们都很喜欢他，称呼他为老哥。

老哥唯一的爱好就是喝酒。那时大家都年轻，工作之余常常聚在一起聊天喝酒，然后去歌厅唱歌。记忆中老哥从来都是只唱这首《跟往事干杯》。

老哥喜欢喝闷酒，而且从不劝酒。后来我和老哥相继辞职到了不同公司，见面越来越少，偶尔大家又聚在一起，老哥还是那样一个人喝够一瓶酒，然后唱起《跟往事干杯》，有时也不唱，一个人默默坐在角落里听大家唱。

渐渐地，原来的同事相继离职，大家聚会的次数越来越少。忽然有一天，在群里有消息说老哥去世了。当时一惊，大家都不敢相信，因为老哥比我们大不了几岁。

去了老哥家里，看到老哥的遗像，还是那黑黑的脸，没有笑容，但还是那样亲切。从老哥爱人哭诉中得知，老哥终究是因为酗酒，将生命的最后一刻定格在酒桌上。

那天，老哥早上送爱人到机场去日本，中午和朋友喝酒出了事。等儿子和爱人从不同的地方回到家时，已是生死别离。

经过了许多事 ／你是不是觉得累 ／这样的心情 ／我曾有过几回

也许是被人伤了心 ／也许是无人可了解 ／现在的你我想一定　很疲惫

人生际遇就像酒 ／有的苦有的烈 ／　这样的滋味 ／你我早晚要体会

也许那伤口还流着血 / 也许那眼角还有泪 / 现在的你让我陪你 喝一杯

干杯朋友 / 就让那一切成流水 / 把那往事 / 把那往事当作一场宿醉

明日的酒杯莫再要装着昨天的伤悲 / 请与我举起杯 / 跟往事干杯

再次听到这首歌，忽然想起老哥好像已经离开好多年了。好多年之后的今天，重新听到这首歌，似乎才明白老哥。

忽然之间，许多往事涌入脑海。

生命中原来经历过很多很多。我在岁月中行走，逐渐在忘却，但总会在某一时间某一地点，忽然想起某件事某个人，而将记忆带回到曾经的岁月。

而记忆，在回忆过后又很快尘封，也许这就是生活。

生活一直在前行，他承载不了太多记忆，很多记忆像散落在生命历程中的砂砾，捡都捡不起来，而那些能捡拾起来的，不一定重要，但一定对生命有过影响。

端午节日，父亲站在楼道里，把两只大红的剪纸公鸡认真地贴在入户门上，又将五色彩纸编成的祈福符挂在门楣上，然后在祈福符的缝隙里插上了一株散着淡淡清香的艾草。

母亲坐在厨房，面前放着三个盆，一盆泡着粽叶，一盆泡着糯米，一盆装着红枣和蜜枣。

母亲从水里捞起三张大小均等的粽叶，整齐地相互压在一起，然后折成一个三角状，取一颗红枣放在三角底部，捞起一把米装入三角里，再取一颗蜜枣放在上面，米和枣正好填满三角，然后母亲将粽叶折回盖住三角，再取一根柔韧的粽叶绳用十字将三角捆住，然后麻利地打了一个结，一个漂亮的粽子就这样被轻轻放入煮锅。

茶几上放着几条母亲自己编织的五色花线绳，她吩咐我们一人一条戴在手腕上。

所有的节日，只要我和小弟在家，父母就会把节日过得这样隆重而有仪式感。

他们不知道母亲节，也不知道父亲节，因为这个节日没有假期，他们记不住自己的生日和结婚纪念日，因为这个日子不属于儿女。

对他们来说，日历里所有儿女们有假期的日子，才是他们最值得记住的日子，才是最隆重的节日。

在这个节日里，父亲总会用各种仪式把这个本是平凡的日子布置的美好温馨：春节的对联，端午的祈福符，中秋的赏月桌，而母亲会把各种原本平常的食材加工成节日的专属饮食摆上餐桌：春节的饺子，端午的粽子，中秋的月饼……

在他们的生活中，属于我们的日子永远是他们生命中最在乎的节日。

我们的生日，孙辈的生日，甚至我们一个平常的回家的日子，在他们生活中都是重要的日子。

在父母心中，只有属于我们的那个日子就是节日，只有能团聚的日子才是节日。

在这样的节日里，他们用充满仪式感的节日气氛，传递着他们的爱的表达。

# 中元节的思念

农历七月十五，是中国传统的祭祖节日。

这一天，道教称为"中元节"，佛教称为"盂兰盆节"。

佛教中，农历四月十五到七月十五是神职人员的安居日，大家关在寺庙修行，也有说这一段时间是万物活跃之时，为了避免人员出行伤害到鸟虫类，所以僧人选择这段时期关闭修行，七月十五这一天，修行结束，相当于学校放假，众僧欢喜，所以这天也称"佛欢喜日"。

佛教有典故说：释迦牟尼佛弟子目连在这一天供养僧众，解救了地狱之门的母亲，得以成全孝道，所以这一天被民间沿袭为祭祖之日。

祭祖文化是我国传统文化中非常重要的文化传承。这　天，民间有放河灯、焚纸锭等传统习俗祭祀、追怀先人，寺院里众僧齐聚一堂，为生者祈福，逝者超度。

这一天，公司和往常一样，会在五台山举行佛事活动。一般情况下，上午是吉祥普佛，为亲朋好友祈福，晚上是瑜伽焰口，为逝者超度。

晚上的瑜伽焰口一般持续四个小时。

用过晚斋后，一般七点左右香客们会在大殿集合。寺庙主持和众僧一般早香客先到。超度是从诵读《瑜伽焰口》开始。

每到诵经开始之时，我总是无法把精力集中在那本厚厚的经书中，目光总会凝聚在大殿中央那位永远面带微笑、和蔼慈祥的佛祖画像上。香案上闪烁的烛光，香炉里缭绕的香气，常常会让我想起动画片《寻梦环游记》中那个缥缈虚幻的世界，想起那句经典的台词：死亡不是永久的告别，遗忘才是。

于是，在众僧的唱经声中，我开始想念亲人，想念和他们共度的那些时光——

想念坐在祖父的肩膀上去村中看社戏，想念村口的祖母瘦小的身影，想念外公慈爱的笑容和他精湛的厨艺，最想念外婆温暖的怀抱，还有在外婆身边那些日子的点点滴滴……

在我的记忆里，祖父祖母总是站在村口等着我回家，但我更喜欢住在外婆家，因为外婆炕上有大黄猫，小院台阶上有甜面酱，屋里还有邻居们的说说笑笑……

这个晚上，总会想起《寻梦环游记》，不知道思念会不会让他们找到回家的路？

这一天，思念总是将我和亲人度过的温暖岁月在烛光中一点点再现。我一直相信另一个世界的存在，我也相信，思念是连接两个世界的桥梁。我的祖辈们只是远去，未曾离去，他们一直在我心中，就像出了远差。在每年特定的日子里，他们会循着点燃的烛光，循着菊花的路径，循着袅袅的香雾，循着后辈的思念，回到我们的记忆中。

对亲人来说，"生死从来都不能将彼此分离。纵使斯人已故，时光也不能抹去他们曾经存在过的踪迹。只要将对方牢牢地念在心里，这份情感，终会超越时空和岁月，变得深沉而绵长"。

对故人而言，"死亡不是真的逝去，遗忘才是永恒的消亡。记忆，便是对灵魂的延续，思念才会实现生命的永生"。

对于已故亲人和祖先，中元节是他们回家的日子。人类循环往生，没有谁能阻挡时间的流逝和生命的离去。唯有爱的记忆，化成思念，代代承接。

这也就形成了我国传统文化核心价值之一的孝文化。从祖先崇拜到尽孝祭祖，这样的文化价值观在我国一代代传承，这种文化的根深蒂固也影响着宗教，所以也就有了中元节的祭拜，有了盂兰盆节的演变。

这一具有深刻意义的古老习俗，传承数千年，源远流长，让生命以无形的存在活着，实现着永生。也许，这就是生命传承的意义。

周六和她来了一场特别的旅行——走过三十年前的街道，走进三十年前的公园。

我和她相识于1991年，那时我被就职公司外派小城工作，她医学院毕业分派到小城医院。巧合的是，我们同住在当时小城唯一的政府宾馆，更巧合的是我俩住在同一房间。

于是，我们在异乡一起走过冷清的街道，一起爬过秋天的山峰，一起逛过小城的集市，一起走进那时小城唯一的电影院。

我们一起坐着绿皮火车，从小城到省城，从省城到小城，寒来暑往。

后来，我离开小城回到公司省城总部，后来，她也调离小城医院回到省级三甲医院，我们继续着我们的友谊。

那时省城的商业中心集中在火车站附近和老城区，于是我们的足迹也从小城冷清的街道走进了省城繁华的商业区。

后来，彼此结婚生子。

再后来，由于工作原因，我们渐渐少了联系。

2007年，我工作变化任职新的公司，她工作需要调任下属医院，当彼此转告彼此新的变化时才发现我们又近在咫尺。

于是我们又回到了从前，中午一起吃饭，有时下班一起回家，闲暇时一起爬山，一起逛街，一起听风看雨。

2010 年，我们彼此的工作又有了新的调整，于是，我们约定了固定的见面时间。

每次见面总有说不完的话，讲不完的事。

于是，有了这周的特殊旅行。

漫步在三十年前的商业街，街道经过改造，已没有了原来的影子，除了街道名字。

走进三十年前的公园，公园内依稀可见原来的景致，但公园已改了名字。

坐在海岩咖啡屋，看着来来往往的行人，看着年轻的身影，看着身着 cosplay 的男男女女，感觉时光不再。

回头看她，三十几年的岁月，依然如故。

身边经过了太多的人，很多人就如老街，经过岁月的改造，除了名字已不再是原来的样子，很多人亦如公园，在时间的淘洗中，名字也不再。

而我们，三十几年的岁月，似乎从来没有改变什么。

原来，不被岁月改造，不被时间淘洗的那份初心，在生命中是何等珍贵。

只因为回头再看你还是你，才让我有了生命中最珍贵的这份友谊。

临近元宵节，不期而遇的两天暴雪，阻隔了省道、国道和高速，于是选择乘坐高铁回故乡。

我乘坐的 D 字列车是从省城开往首都的，途经故乡停靠。因为暴雪，又临近元宵节，站台上排着长长的队伍。

上车落座后不久，上来一对父女。女孩五六岁的样子，梳着一头马尾，穿一件白底卡通羽绒衣。男子中等身材，戴一副眼镜，穿一件蓝色棉外套。

男子座位在我前排，本来靠窗，因为带着小孩就和过道的乘客换了座。

男子安顿女孩坐在座位上，拿出水杯递给女孩，把小餐桌从扶手处取出来，为女孩摆放了一些零食，然后站在座位旁。

女孩问："爸爸，你坐哪里呀？"

"爸爸站着就行。"男子笑看着女孩。

"那你不累吗？"

"爸爸不累。"

"爸爸，你是没有座位吗？"

"是的，爸爸没有买到座位。"

"可是我们要坐好长时间呀？"

"不会的，一会儿就到了。"

"可是上次坐车你睡了好久起来还说不到？"女孩执着地问男子。

"爸爸这次不睡觉，列车就跑快了。"男子笑着，抚了抚女孩的头，目光充满了慈爱。

女孩开始在座位上玩耍，男子站在女孩旁，一边看手机，一边不时抬头看着女孩。

"爸爸，你怎么不坐，站着多累呀！"女孩玩了一会儿，抬头看着爸爸，细声细语地说。

"爸爸不累。你累了睡会吧。"

男子帮女孩整了整毛衣，理了理头发，让她舒服地靠在座位上。

然后把白底卡通的羽绒衣盖在女孩身上。

……

这列从省城开往首都的动车全程四个小时五十分钟，我不知他们会在哪一站下车，但无论哪一站，父亲都会这样陪着小女孩，一路站着，路护着，路看着，走完。

第三辑

关于生命

读《云中记》的时候，脑海一直停留在北川那片废墟上。

2019年8月，走进北川。

2008年5月那场灾难让原本生机勃勃的北川成了遗址。

从北川归来已近半年，但一直无法提笔写下片言只语。

直到偶然读到阿来的《云中记》。

《云中记》里描写的很多场景，似乎就是北川的样子：遗留在入口的山坡上伫立的巨石，因地震变得崎岖狭窄、颠簸不平的道路，那座在地震后依然挺拔的碉楼，还有那一座座或粉碎成废墟，或断裂解体，或下陷掩埋的楼体和院落。

阿来在《云中记》里写道："当时死的人太多，他们都没有感到太多的痛楚。但现在，就像一把刀割在肉上，他的心头横过一道清晰的痛楚，痛楚来得那么快，犹如一道闪电，去得却那么慢，仿佛一条还未羽化成蝶的毛毛虫在蠕蠕而动。"

读这些文字的时候，心底一直在哽咽。无形的巨大的悲伤不知从何处倾泻，于是就在文字中在回忆里从心底涌向眼眶。

走进北川的那一天，天空阴郁着。走在废墟间，似乎就是那样的心情。2008 年那一天，因为居住的城市离震中距离较远，所以除了有明显震感，没有太多破坏。当看到眼前那一处处坍塌的面目全非、那一座座上下错开左右断裂的建筑时，眼里还是噙满了眼泪，似乎只有眼泪可以发泄悲伤。

沿着遗址的街道慢慢行走，街道是重新修建的，两侧是那些在地震中被毁掉的建筑。每座建筑前面都有一个说明，标注着这些钢筋水泥的生前简介：林业局，公安局，邮政局，人寿保险，文化中心……

看着他原有的图片，看到他现在的样子，还有说明里记录的那些失去生命的数字，似乎看到了十年前那个无情残酷的瞬间，看到了天地崩塌的那一刻，带走无数生命的那场巨大灾难。

站在城市公园那处遗址，斑驳的桥梁下，是一条满是皱褶的河床，稀疏的苔藓泛着隐隐的绿意。看着那座垮塌的人行桥，眼前似乎闪现出桥下溪水流过，鱼儿游弋，桥上儿童嬉戏，老叟对弈的温暖画面。

《云中记》有一段这样的描述："大地猛然下沉，一下，又一下，好像要把自己变成地球上最深的深渊……大地上蹿一下，又是猛地上蹿一下……大地失控了！上下跳动，左右摇摆，轰隆作响，尘土弥漫……"

北川，一个两万人口城市，就在那一瞬间变成了现在的废墟。顷刻之间，一座城就这样没了，一万五千个生命随着这座城一起消失了。

与他同时消失的还有对面山脚下那些秀美的山村，整个淹没在了山体下。

遗址中那些参差错落的废墟，那座看尽沧桑的碉楼，还有对面山体那片新生的葱郁，在脑海里不断浮现，不断在文字中重叠。

阿来在《云中记》记录的是一个叫阿巴的藏民，在地震五年之后的一天从移民村回到在地震中毁掉的云中村，坚守故乡的土地和土地上失去的乡亲。他坚信，人走了会有灵魂存在，于是他为了那些不幸遇难的灵魂固执地坚守着灵魂的家园。直到当再一次灾难来临时，和云中村一起消亡的故事。

故事中的阿巴回到村中六个月，在这短短六个月，他在熟悉的老乡院落前和熟悉的山野大地间为那些不幸的灵魂虔诚地祈祷，他说他的生命就是为了守护云中村，守护那些不幸遇难的生命。

想起那一天在北川，在那座公墓前，把一束生命正旺的黄色菊花轻轻放下时，眼前总是浮现出那些被灾难瞬间带走的年轻的鲜活的生命。

生命有时真的很脆弱，也很无力。

大地会发怒，火山会发怒，海啸会发怒，洪水会发怒，病毒会发怒……自然界任何物质只要发怒，生命就会遭受无情的毫无抵御的侵略。

而当这些侵略来临时，你还没有办法拿起武器，因为他们在那一瞬间连给你对抗的机会都没有。

年少时，曾经天真地幻想自己就是西游记中的众神，可以长生不老；青春期也曾经骄傲着自己旺盛的生命，轻狂地透支着生命的体能，扬言生命于年轻是灿烂的辉煌，是永不凋谢的鲜嫩。

而立之年，一位好友母亲病逝，前去吊唁。第一次看到生命在燃烧中化为灰烬，深感生命之轻。

38岁那一年，就职的公司老板因抑郁而去，同事的爱人因车祸离开，第一次对生命有了深深的感悟，原来生命是如此的脆弱和无奈。

四十岁以后，祖辈一个个相继离去，忽然感觉曾经在心中美丽帅气的父母开始苍老，看到他们容颜有了岁月的皱纹，看到他们黑发渐渐跳出了银丝。他们对儿女忽然变得留恋和依赖，这时，才真正体会到岁月催人老，生命在岁月中的美好和珍贵。

生命是父母给予的爱，是我们和人世间的缘。

这段缘，有时很短，短到来不及和岁月共飘移就被遗落，遗落在疾病，苍老以及太多的因素中。

这段缘，最后很轻，轻到只有一缕青烟，袅袅于空气中。

但这段缘，一直很重，因为承载了太多的爱和希望。

所以，生命就必须承受所有，负重前行，在岁月里，尽情享受生命带给我们的温暖和喜悦，不论长短，无论轻重。

每个人的生活中都有精彩的故事，这些故事组成生命的片段，就是人生。每一种人生似乎又都是一部小说。

像所有的小说一样，文字描写的故事，因为标注了标点符号，故事才有了情节，小说才有了魅力。

那么，关于生命故事的这部小说，生命的标点符号又如何标记？

书名号　你来到这个世界，你的名字就是标注了书名号的一部小说，小说中你是唯一不变的主角。

问号　故事从问号开始。主角带着无数的问号走进故事。

冒号　在主角的困惑和问号中，主角自己标记出冒号，开启了故事。

逗号　故事中最多的标点符号是逗号，因为故事里日常的平凡的日子太多，这些平凡的日子有了逗号的分隔，也就有了日夜的停顿，有了故事中段落和章节的基本构成。

顿号　顿号的定义为"表示语段中并列词语之间或某些序次语之后的停顿"。在岁月更迭时，简单的短暂停顿，顿号是最好的分隔。

分号　故事中的主角在生命成长的每一阶段，比如从孩提到童年，从童年到青年，从青年步入中年走向老年，生命的每一次蜕变，分号就是最好的间隔。

感叹号　故事中所有坚定不移的梦想，坚持不懈的努力，坚信不移的信念，感叹号就是最大的鼓励和支持！

引号　故事里常常会有一些重要的人和事，影响着故事的走向，无论是高峰还是低谷，引号一定是这些事件特别的标记。

括号　故事里主角是唯一的。那么，故事中所有和主角密切相关的人物以及和这些人物共生的故事，不论是故事的补充还是注释，也不论对于故事是否有着特殊的意义，都只能在括号里。

破折号　故事里，某一阶段出现了困惑或者迷茫，需要主角自己解决，那么破折号就是主角给自己的最好解释。

着重号　故事里，每一章节都会有一段重要的事件或重要的人物，需要用着重号予以标记。

连接号　故事中，除了括号里的人和事，也会有更多的客串角色以及和他们关联的事件，这时连接号就像桥梁，成了故事里最好的标记。

省略号　故事中，那些不曾带给你快乐，伤害过你的人和事统统交给省略号……

句号　句号是表示句子的陈述语气，一般用在句末来结束故事。

如果说生命就是一部小说，那么在小说的文字里，用心标记好所有的逗号、顿号和分号；在小说的段落里，多一些问号，感叹号和破折号；在小说的章节里，关注括号，标记好引号，留意连接号，划好着重号，点下更多的省略号；最后，在小说的结尾，平静愉悦地画下完整的句号。

就这样，生命的故事从问号开始，冒号开启，在逗号、问号、分号、顿号、感叹号的不断重复变换中，伴随着括号、引号、着重号、破折号、省略号的重复更替，最终以句号结尾。

生命的故事，因为有了生命的标点符号，一定会更加生动、丰富、绚丽、多彩。

# 生命的状态

　　早上出门，电梯里碰到了那个 90 岁的爷爷。他拄着拐杖，颤颤巍巍地站在那里。

　　我问道："您出去呀？"

　　爷爷说："出去放放风，家里闷得慌。"

　　爷爷和我同一单元，每天早上都会看到他在单元门口台阶上坐着，高声唱红歌。

　　出电梯时，我小心跟在他旁边，听他自言自语：年龄大了，出来唱唱歌，找找乐。

　　快到门口时，我紧走几步打开单元门，等他颤颤巍巍地拄着拐杖出来，坐在台阶上。

　　他笑着谢过我，开始放声唱歌："没有共产党，就没有新中国——"

　　一阵秋风吹落一片树叶，正好掉在我脚下。没有如往常一样视而不见，竟弯腰捡起。

　　树叶没有了春季的鲜嫩也没有了夏日的饱满，黄色中还有一个小小的褐色斑点，但平整光滑的叶面，叶脉清晰，色泽明亮，充满了生机，我拿在手里忽然想到书桌上那副空着的相框，不就在等着这枚秋叶吗？

爷爷的歌声还在背后回荡："没有共产党，就没有新中国——"

看着手里的秋叶，回头再看坐在台阶上的爷爷，原来，这也是生命的一种状态。

曾经，在田野上看到过一丛丛野草，在冬季的寒风中摇曳出欢愉的舞姿；在荒山上看到过一朵朵野菊，在晚秋的阴冷中绽放出鲜艳的色彩；在池塘里看到过一枝枝残荷，在冻结的冰面上绘制出静美的油画。在沙漠中看到过一棵棵胡杨，在贫瘠的土地上挺拔出枝叶的繁华。

一直以为，生命拥有春光的美好夏花的繁盛秋收的愉悦冬雪的静美，才是最好的状态。

其实很多的生命，是在无常的状态下呈现着非常的状态。这种状态来源于对生命的热爱，来源于对生命的尊重，这是一种生命自身生长的力量，也是生命自我操控的一种能力。

生命的状态有很多种，正如 90 岁的邻居爷爷，于他而言，快乐是他现在生命里最好的状态。

# 草木的情感

一日坐在暖阳里修剪盆栽。

整理着因为长时间不被关爱而杂乱无序的枝叶，看着枝叶中已经枯萎的叶片，想起曾经看过的一个实验，说是同样两盆花，同样的环境，一盆你经常去关爱她，赞美她，另一盆你不理她，还时常抱怨她，一段时间后，实验发现两盆花的生长会有很大差别。

原来，草木皆有情啊。

其实，在我国，很早就给草木加住了情感色彩。在最早的诗歌集《诗经》里，就用了许多草木来表达和寄托各种情感，如《桃夭》《木瓜》《采葛》等。我国古代文人也常用梅兰竹菊寄托情怀，如梅花凌寒独绽的傲气，兰花空谷幽放的高雅，劲竹吟风弄月的潇洒。古代诗词中也多有借草木寓意情感的，如：柳树表达惜别留恋，红豆表达相思想念，荷花表达美好爱情等，可见草木的情感和人的情感已有上千年的缘分。然而，大多是人需要草木去抒发情感，寄托情感，而不知草木也需要我们的情感关爱。

一直以来，不敢喂养任何能活动的宠物，因为不能承受生命之重，不敢承担宠物的那份真情。所以一直以来只是养养花种种草，其实，养花种草也是要付出感情的，一草一木皆有情呀。

多年前喜欢日本的一部著作《水知道答案》，是日本作家江本胜先生的实验发现。他在冷室里用高速摄影的方式拍摄和观察水的结晶，意外地发现水有情感，还有记忆，水不仅感受到人的情感变化，还能通过这种变化传达情感信息。

任何有生命的东西都有情感，只要有情感，就需要我们用心呵护，用情感去守护，就需要我们去珍惜，去珍爱。

在地球共同的家园里，生命存在的方式各异，有的以奔腾热烈的气势存在着，有的以行走奔波的方式存在着，有的静默不语，有的纹丝不动。

生命有长有短，有强有弱，长能千年万年，短却只有瞬间，强可翻山倒海，弱到不堪一击。

生命，在强大和弱小之间转化着，在千年万年之间演变着，在进步和文明之间融合着。但是，无论怎样的转化，怎样的演变，怎样的融合，只要是生命，就会有情感。

想起前段时间读到的美国自然文学丛书系列，奥尔森对山川河流草木的敬重，贝斯顿对大海和土地的热爱，巴勒斯和鸟类的情感，再一次体会到情感对于生命的重要性。

最近看到某明星代孕弃养之事件，难以想象，草木都有情，何况是人？

有人说，人是拥有最复杂情感的生命，这复杂的程度难以想象也无可估量。

且不论这明星的情感是怎样复杂，想说一草一木皆有情，都需要呵护和珍惜，更何况和我们血脉相连的幼小生命，怎能说放弃就放弃，怎能如此不被珍惜？

在我们有限的生命里，只要和生命有缘相遇，我们就要懂得用心呵护，真心爱护，就要懂得珍惜和尊重。

在我们共生的地球家园里，只要我们学会生命彼此珍爱，彼此尊重，一定会收获来自珍爱和尊重的回报，这份回报有鸟语花香山清水秀的美好，有风平浪静禽飞兽走的和谐，有安居乐业安富尊荣的幸福，这份美好、和谐和幸福，不正是我们生命的企盼和祝愿吗？

# 点点

点点是一只灰色的泰迪。

初见他时，闺蜜在怀里揣着，正在给他一点一点喂流食。灰色的绒毛裹着他瘦弱的身躯，脑袋耷拉着，眼神里充满了恐惧和惊慌。

我问闺蜜："从哪捡来这么一条奇丑无比的流浪狗？"

闺蜜告诉我，他叫点点，原来在朋友家养着，因为朋友对他不友好，自己从高处跳下自残，脖颈摔断，她看着可怜，就带了回来。

第二次见他，他的伤病完全好了，虽然眼神里仍然充满了惊慌，但毛色有了光泽，已经可以在地上奔跑了。

再见时，他已经被闺蜜藏在背包里出入各种场所。他很乖，很听话，不让他发声时，他会乖乖躲在书包里一声不吭，到了只有我们的空间里，他从包里探出头，很无辜很无奈地看着我们，仍然一声不吭吃着闺蜜喂他的食物。

后来，我们的所有集体活动都有了他的参与。他和我们一起长途去额济纳看胡杨林，像个孩子奔跑在广袤的大漠里，快乐地自由地疯玩着；他和我们一起去郊外爬山，似我们的向导，总是奔跑在我们前面，又不时地回来看看我们然后再向前方跑去，似乎怕我们走失了方向。

点点很依赖闺蜜，总是用他特有的方式爱着闺蜜。

有一次，闺蜜带他出去爬山，一不小心把他从背上摔下来，当下点点就没有了呼吸，嘴角发青，急得闺蜜大声唤着他的名字，不住地挤压他的胸脯，也许是闺蜜的爱心唤醒了点点，十几分钟后他慢慢睁开眼睛，眼神里充满了亲情，还挂着泪滴。

在额济纳，中午在蒙古包用餐时点点不见了，我们兵分几路去寻找，当闺蜜近乎哭腔的呼喊在蒙古包之间回响时，点点似乎听到了她的声音，从另一个蒙古包跑出来直接跑到闺蜜怀里，眼神里充满了歉意。

点点很幸运，因为闺蜜的精心呵护，他有了健康的身体和快乐的生活。点点很幸福，因为闺蜜的宠爱，他拥有了很多特权，出入过很多商场、餐厅，几乎走遍了大半个中国，西藏，青海，东北沿线，江南，海南……

走过很多地方的点点越来越健壮，越来越开朗，无论走到哪里，都有超高的回头率。他没有了往日的胆怯和惊慌，看见我们总是和你兴奋地打着招呼，亲亲你的腿，蹭蹭你的脚，用他特有的快乐欢迎着我们。

忽然一天，闺蜜发朋友圈点点走了。

在我们生活中，他从来就不是一只小狗，就是我们的一个孩子，一个被妈妈宠爱着的孩子，一个快乐，健康，聪明，充满了温情和爱意的孩子。

愿可爱的孩子在生命的轮回里，与我们再相遇。

# 飞行

飞机穿行在云端之上。

静静望着窗外，湛蓝纯净的大气层，棉絮一样的云层，在远处交汇。偶尔，会看见低空有飞机驶过。

一直喜欢清晨和傍晚的飞行，喜欢在云层间，看或绚烂或温柔的云的色彩，那种被阳光照耀的色彩。

现在的窗外，是宁静清爽的，于是也有了无限遐想。想象着云层之上的浩瀚宇宙，之下的山脉河流，想象着穹宇间星球的故事，山和水动人的传说，想象着……

在想象中轻轻入梦。

播音提示 20 分钟后降落，接着是漂亮的空姐温柔的声音：请将座椅靠背调直。

似乎清醒，又似乎做梦，就在半梦半醒间，飞机猛烈地颠簸了几下。下意识望向窗外，一股白色气流从机身穿过，随后，机舱外白茫茫一片，雾腾腾的大团气流笼罩了整个机身。飞机在强气流的包围下，开始出现频繁的颠簸状态。

忽然，飞机像刹车失灵一般，失去控制似的开始剧烈颠簸。试图想抓住什么，但似乎又什么也抓不到，整个人像失去重心一样，被高速度高频率地摇晃着。

机舱里开始有了骚动，开始有人在呕吐，小孩子开始哭闹。机翼上的那片金属开了又合，合了又开。不敢再望向窗外，收回目光，紧紧闭上眼睛直直靠在椅背上。

飞机仍在颠簸，似乎幅度不断在加大，开始感觉头在眩晕，感觉胃在翻腾。

紧紧握着拳头，心里默默祈祷，祈祷着那一声沉重的落地声，祈祷着平安。

在飞机终于落地的一刹那，忽然对乘机有了一种强烈的恐惧和厌恶。

这么多年来，习惯选择飞机出行，是因为喜欢它的速度，喜欢它窗外的风景，从来没有像今天这样，有对生命这样无助的感觉。

有时候，生命消失就在瞬间。所以，好好珍惜存在的生命，珍惜生命中存在的所有。

# 风筝

春暖花开，是放风筝的季节。

吐着新绿的柳枝在春风里妙曼着舞姿，金黄的迎春花在明媚的春光里粲然着新蕊，紫的白的蓝的，各种颜色的小野花迫不及待地盛开在刚刚返青的草坪上，杏花桃花梨花争先恐后拥挤在枝头，含苞待放着生命的色彩。

结伴的水鸟嬉戏在波光粼粼的河面上，河岸的沙滩上，是牙牙学步的孩童，欢声笑语的少年。

一只只漂亮的风筝就在这明媚的春光里，和煦的春风中，扶摇在天空。

我的风筝在风的助力下，也飞了起来。她轻盈地在空中飞舞着，随着那纤细线绳缓缓地收与放，风筝在空中越飞越高，越飞越远。

她飘飞在光眩中，光晕遮挡了视线。有那么一阵子，我看不清风筝的身影，感觉手中的线绳，似乎已不能满足她追逐太阳的欲望。

但我知道她在空中的距离，因为我手中握着她赖以生存的线绳。

风筝在空中自在地飘飞着，舒展着她美丽的姿态，炫耀着她艳丽的色彩。忽然一阵大风吹起，她单薄的身躯在天空中有点倾斜，我下意识收了一下线绳，又收了一下绳线，再一阵大风吹过，风筝忽然摇摇晃晃，飘落在树枝上。

树枝在风中尽力摆动，风筝在树枝上努力挣扎。我知道，她想挣脱树枝的羁绊，重新回到天空，但线绳紧紧缠绕着树枝，她的挣扎显得那么无力。

我跑过去，想从树枝上把她解救下来，但树枝太高了，她倚在枝丫中，任凭我怎样摆弄手中的线绳，丝毫不动。

在放弃对她的救援时，忽然为这只依赖线绳生存，借助风力飘飞的风筝感到可怜。

风筝也想去追逐太阳，翱翔天际，但没有风的力量，她永远没有升上天空的希望，即使有了风的力量，让她飞上天空，她也永远不可能像鸟儿一样自由嬉戏，像云儿一样自由漂移，她的命运维系在放飞她的线绳上，线绳的长与短决定着她飘飞的高度，线绳的紧与松决定着她飘飞的速度，她的命运永远掌握在放飞她的人手中。

其实，有时候人也很像风筝，生命的高度决定于自己内心的线绳，收放自如，才会成为你想要的最好的自己。

# 生命的春天

2023 年，似乎很是忙碌。

日子塞得满满当当，时间过得匆匆忙忙。

落座窗边，打开杂货铺，已是龙舞新年。

在新年的时光里，还沉浸在 2023 的岁月里拾遗，2024 年立春节气已悄然而至。

新的一年开启新的四季。

万物顺应着自然规律春种夏长秋收冬藏，生命何尝不是这样？但生命又不完全这样。

生命是在年龄的数字里重合岁月的四季，但她有时候就是一个数字，这个数字可以让生命的四季逆向而生，也可以在岁月的四季里自然而长。

曾经把生命用四季来比喻，但读到塞缪尔·乌尔曼的《青春》一文时，才顿悟生命原来可以只有春天："青春不是年华，而是一种心态；不是玫瑰般的脸庞，红润的嘴唇和敏捷的双腿，而是坚忍的意志，丰富的想象力，以及无穷的激情；青春是生命深处的一股清泉。"

这股清泉，是春天的力量和滋养。

说文解字中说，"春，从草从日。草春时生也"，是说草感受到太阳的召唤，应时而动，推开大地，生长出来。

培根在《论读书》中说道："自身的资质犹如自然生长的植物，需要借助书本知识得以修整。"

对生命而言，阅读，犹如这股清泉，牵引着生命向阳而生。

培根说："读书可以怡情，可以点缀，可以长智。读书的主要用途，就怡情而言，展现在独处幽居的时候；就点缀而言，展现在交谈的时候；就长智而言，体现在判断处理事务的时候。"

阅读，就像春天的阳光，让生命时刻沐浴在温暖之中。

这份温暖，是生命快乐的源泉。

立春三候曰：一候东风解冻，二候蛰虫始振，三候鱼陟负冰，随着立春的到来，迎春开花，樱桃吐芳，玉兰绽放，万物在春风春雨中迎来快乐生长。

约翰·梅斯菲尔德说："快乐的日子，使我们聪明。"

英国作家劳埃德·莫里斯在《快乐吧！》一文中写道："快乐带来的智慧存在于清晰的心灵感觉中。跳动的快乐——不仅是满足或惬意——会突然到来，就像四月的春雨或是花蕾的绽放。然后你发觉智慧已随快乐而来。草儿更绿，鸟儿的歌声更加美妙……快乐就像一副眼镜，可以修正你精神的视力。快乐的视野并不受你周围事物的局限。"

原来快乐，还是智慧的开端。

俗话说"一年之计在于春"，在 2024 年的春天里，与书为友，阅读相伴，愿生命的春天，温暖有阳光，滋养有清泉，快乐无边。

第四辑

# 走过四季看风景

# 春雪

不知是暖冬遗忘了雪的晶莹，还是春寒的料峭冷却了云的眼泪，等了整个冬天的这场雪在初春的早晨，飘飞在城市的上空。

这个早晨，屋外一片白茫茫，雾蒙蒙，漫天飞舞着白色的精灵。那舞动的精灵时而稀疏，时而茂密，给城市穿上了圣洁的服饰。

走出屋外，冰冰的凉凉的雪花扑打在脸上，迷乱着眼睛。想托起一片雪花看看她六角的形状，但飞在眼前、落在身上的只有细小的冰粒。

雪，像久别的故人回到家乡，兴奋地跳跃在空中，飞舞着，追逐着，争抢着亲吻城市的每一个角落。

雪，在那一株株挺拔的松树上开出一朵朵洁白的花，在那一丛丛平整的草坪上铺出一层层绵软的被，在那孕育着新芽的枝桠上轻轻抚着，在那泛着微波的湖面上静静飞落。

城市被雪淹没了喧嚣，偶见汽车驶过，碾出一条黑色的线条。

雪，给城市带来了少有的清爽。

想起韩愈的《春雪》："新年都未有芳华，二月初惊见草芽。白雪却嫌春色晚，故穿庭树作飞花。"难道雪真的背叛了冬天，就等待着在初春的美丽盛开吗?

这迟来的精灵似乎就是带着神圣的使命而来，在这个早春，滋润草木，洗净纤尘，静待万物吐新，百花争妍。

这场雪，从年尾等到年初，还是来了。雪的到来，是冬天的祈祷，却在春天给了城市意外的惊喜，

其实，任何曾经渴盼的东西只要到来，总会带来喜悦，不论迟早。

一雷惊蛰始，微雨众卉新。惊蛰过后，万物复苏，春风春雨带着春意缓缓而来，阳光明媚，大地温暖，杨柳吐绿，冰消雪融。身体也如万物一样，蛰伏了一个冬季的器官似乎也在苏醒，蠢蠢欲动，想在阳光的日子里去享受阳光的沐浴，想在风吹的日子里去享受春风的抚慰，想在雨落的日子里去感知生命的萌动。

枯黄的草地上一丝绿，干枯的枝头上一点红，激发着生命的情感，为生命的萌发而欣喜，在生命的新生中感知着生发的快意。想起去年的今天，在维多利亚港西岸海滨长廊，写下的一段关于生命的文字：生命有如海上的游轮，承载着满仓的使命启航，却永远无法预知航行中的风暴；生命有如天空高飞的大雁，众人只看到它的孤独，却无法领略它途中走过的风景；生命有如天空的云朵，在自由飘逸的行程中，还是不忘逍遥水里影子的美丽；生命有如一粒种子，无论赖以生长的土壤是贫瘠还是肥沃，都要努力生根发芽，开花结果；生命有如树根，以不同的形状不同的深度支撑着它的主干，完成她生存的希望和使命。

生命到底是什么？

这个春天，有了答案：生命的本质就是生长，并且不断成长。无论生命像什么，唯有成长才是生命快乐的源泉。

在这个美好的春天，让蛰伏的生命冲破梦想的土壤，和万物共生同长。

春天，杨柳返青，杏花绽放，桃李吐蕊，丁香含苞。

春日，阳光明媚，微风和煦，空气清爽，碧空如洗。

广场上，孩童笑声阵阵，天空中，只只纸鸢飘逸，河面上，河水涟漪层层，桥面下，游船往来穿梭。

年年赏春景，年年景不同。

这个春天，遇到了不一样的春景。

走进图书馆，遇见了春天的古诗："兰生已匝苑，萍开欲半池。轻风摇杂花，细雨乱丛枝。"诗句烘托着意境，散发出盎然的春意。

走进杏花村，遇见了春天的节日："花间一壶酒，醉美杏花村。"花香和酒香交融，调制出春天芬芳的气息。

走进晋祠公园，遇见了春天的光影。在红墙灰瓦间，花枝和阳光共舞，摇曳出春天唯美的浪漫。

走进碑林公园，遇见了春天的颜色。在雕梁画栋的亭廊中，花的艳丽与画的色彩，碰撞出春天缤纷的斑斓。

年年赏春景，年年景不同。

这个春天，遇见了迎春花和湖水的含情脉脉，遇见了玉兰和天空的深情凝望，还遇见了碧桃和海棠的含苞待放。

这个春天，在文字中，在芬芳中，在光影中，在色彩中，读到了文字和春天的渊缘，闻到了清香和花香的交汇，见到了花影和光影的浪漫，看到了花色和彩色的碰撞。

这个春天，忽然有一种感动，被春天的美好感动。

春天的美好，来自万物生发的勃勃生机，来自百花盛开的万千姿态。

# 冬雪

雪，在空中飞舞，洋洋洒洒，密密麻麻，像飞舞的羽蝶蹁跹妙曼，像飘落的花瓣轻盈美丽，像散落的碎玉剔透晶莹，像撕碎的棉团柔软洁白。

雪，在大地飘落，无边无际，苍苍茫茫。参差的屋顶错落出羽绒般轻盈的雪白，高矮的树枝绽放着一树一树的圣洁。长长的道路铺上了长长的洁白地毯，宽宽的湖面是宽宽的平展的一片纯白。

推开窗，是静谧的白色世界，是那种美丽窒息的净，是那种纯洁屏息的静。迫不及待走进雪中，凉爽的结晶体在眼前曼舞，轻轻地落在衣上，落在发上，落在脸上，悄无声息地融化在眼里，融化在口里，融化在心里。

这是一场城市久违的大雪。

踏着皑皑白雪，听着有韵律的脚步声，忽然想起多年前在故乡偶遇的那场雪，也是这样大，大到雪花铺天盖地，密密麻麻。

我们在乡道上小心行驶，没有路。汽车在厚厚的雪面上压出两道长长的车辙。那时已临近黄昏，雪花在汽车灯光前不知疲倦地飞舞着，整个路面上只有我们一辆车，只有我们两个人。

我们在漫天飞雪的黄昏里摸索着回家的道，我们在空旷寂静的夜色中找寻着回家的路。在这场风雪的夜行中，给我们导航的不仅仅是车前的灯光，还有友情和信任。

这是一次承载着友谊的旅程，是一次衍生出无限信任的旅程。

虽然那次旅程已过去好多年了，但每次在雪天，我都会想起。这份深藏在雪中的友谊，就像洁白的雪花，一次一次飘出记忆，一层一层积淀出厚重。

公园里，有家庭成员在堆雪人，打雪仗，有好友结伴在赏雪景，拍美照，有雪中散步的，有迎雪高歌的。这场从夜晚开始延续到清晨的大雪，吹散了城市的雾霾，湿润了干燥的空气，滋养了过冬的植被，让北方单调灰暗的冬天变得妩媚轻盈，美丽动人。

这场大雪给城市带来了久违的快乐。

漫步雪中，思绪一直在雪中飞扬。

想起儿时和小舅在乡村的小路上看到的那枝盛开在洁白世界里的红梅，想起了那年冬天去深山狩猎时奔跑在茫茫雪地里的火红的狐狸还有随后的那场惊吓，想起外婆去世时那场封锁高速的暴雪和站在暴雪中等待出行的心情还有陪伴着我的朋友。

这样的大雪不是每年冬天都会遇见，我却在邂逅的大雪里深埋了很多的记忆。这些记忆在岁月里过滤出无限的温暖和美好，犹如洁白的雪花，一朵朵晶莹纯洁，一朵朵美丽有形，一朵一朵落入现世，融化出清爽洁净，温润着我的身心。

这是 2020 年第一场雪，俗话说"瑞雪兆丰年"。这场在岁月之初飘飞的大雪，飘得洋洋洒洒，飘得轻轻盈盈，飘得漫无边际，飘得悄无声息。

飘在树上，飘在衣上，飘进眼里，飘进心里。

漫步在雪中，感受着雪花的亲吻。我感受到万物和我一样，也在感受着这份美好 ---

从天空飘下的不是雪花，而是吉祥和快乐。

# 天籁

初冬的早晨，嘉兴九龙山，万籁俱静。

没有阳光，唯有风，雨，海，浪，和着山林的美妙音乐：

叽叽——啾啾——啁啾——唧啾——咕咕——叽咕——叽咕叽咕——唧啾唧啾——叽啾叽啾——啁啾啁啾——

风轻轻吹拂着绿叶，绿叶在风中起伏摇曳，像绿色的琴键在绿波里演奏着天籁的和谐之音，一声声清脆、缠绵、悦耳。只身置于林中小径，屏气凝神。此起彼伏的鸟鸣声在琴键的舞动下一声声清亮起来，由远及近，由近至远：

叽——叽——叽叽——啾——啾——叽啾——叽啾——叽啾啾——喳——喳——喳喳——叽——喳喳——啁啾——唧啾——

林中的主人用她们轻快、委婉、愉悦的歌声，叫醒了这个美好的早晨。

风渐起，琴键在晨风中跌宕起伏，沙沙的树叶声和着耳边呼呼的风声，还有针叶发出的唑唑声，伴着落叶的飒飒声，淹没了林中的鸟鸣声。

走出山间树林，风声化作了缠绵的雨声。远处成片的芦苇，在晨风细雨中舞动着，起伏摇曳，温柔地弹奏着铺在天际之间的无数琴键。

芦苇尽头，是无垠的海面。

站在海边的礁石上，静看浪花起舞，秋叶飘飞。

海水扑打着礁石，哗——哗——的海浪声和着呼——呼——的风声，丝丝的细雨声，和着远处啾——啾的鸟鸣声，叶子的沙沙声，偶尔从山中禅院传来的悠扬的钟声……

这一刻，天人合一，自然交融。

这个初冬的早晨，风声，雨声，鸟鸣声，在天地之间，演奏了一场美妙的交响乐。

这个安静的早晨，山中，林中，涛声中，用心聆听了一场自然纯粹的天籁。

# 五月槐香

五层办公室的窗前，长着一棵国槐。

春风吹过，她褐色的枝干上努力着嫩芽，那嫩芽悄悄吐着新绿，在眼前一点点长大。

长大的叶片一夜之间翠绿了满树的枝丫，吊垂了整个冬天的褐色荚果，像一串串的风铃，摇曳在绿色中。

春雨飘过，她碧绿的枝叶间生出了白色的花蕾，那含蓄的花蕾在春光的温暖中一点点展开，开出一串串的洁白，那蝴蝶状的花瓣含着黄色的花蕊，簇拥在绿叶之间，散发着淡淡的香甜。

中午时分，太阳暖暖地照着，成群的蜜蜂穿梭在花丛中，亲亲这片花瓣，吻吻那束花蕊，在绿色和白色之间忙碌地穿行着。

国槐长势茂盛，从办公室窗边往外延伸了足够3米，从窗前望去，高高低低几乎覆盖了半条马路，这些小小的精灵就在这树茂密的花丛中飞来飞去，辛勤地劳作着。

忽然有些感动，在这个空气中充满了尾气和噪声的城市中心，竟然会这么真切地看到蜜蜂这样的小小精灵，看到这小精灵在槐花丛中辛勤劳作的采蜜场景。

出神地凝望着那一片片羽毛状的叶片和那一串串洁白的花朵，凝望着绿色在洁白中舞蹈，洁白在绿色中飘摇。

飘过来阵阵甜香，沁人心脾。

时间和空间恍惚了，仿佛走进了槐树的世界，聆听着绿叶和花蕊的对话，风吹过来，是心灵和精灵的对话。

# 日出

在大理的一周，每天早上 7：20，我会准时来到客栈三楼的阳台，等待日出。

客栈坐落在沧海高尔夫球场，比邻崇圣寺。站在阳台上，俯瞰是碧绿的草坪铺就的地毯高低起伏，抬头是葱郁的树木掩映的庙宇寂静肃穆，放眼远眺，是闪着镜面光泽的洱海偎依着青蒙的苍山，苍山顶上，云朵姿态万千。

朝霞从山后弥漫开来，穿过云层，霞光将半边天披上彩妆，层层叠叠，色彩由浅到深，由暗到明，像挑染的中国画颜料：淡墨，浓墨，淡红，胭红，浅黄，橙黄，淡蓝，花青……一层层一道道渲染在眼前。

当云层中透出明亮的光芒时，太阳从山后悄悄探出，像顽皮的孩童想要窥探着安静的早晨，一点点，一点点，从眼前的山水画境中冉冉而起，由晶莹剔透的红宝石变换成艳丽明亮的半圆，椭圆，满圆，直至红彤彤的整个笑脸离开山顶，悬挂在天边，洒下万道金光。

苍山，洱海，丛林，绿地，寺庙，庭院都被这金色而明亮的光芒笼罩着。

日出开启了新的一天。

日出每天都不一样，每天都带给我视觉的盛宴。

有时候，你还沉浸在朝霞的美丽中，太阳就迫不及待地从山后一跃而出，放出万道光芒眩晕了双眼。

有时候，薄纱般的晨雾萦绕着洁白的云朵，云朵披着瑰丽的霞光，在太阳喷薄而出的瞬间，云层在朝霞的映照中幻化成仙境，朦胧又透明，由山顶纵向延伸出去，像儿时梦幻中的太上老君花园，太阳就从这仙境般的花园冉冉升起，挂在天边。

有时候，天边云层厚重，蔓延了半边天，长长的犹如蜿蜒的巨龙，太阳升起时，好似蛟龙含着的火球，喷出万道金光。

我期待过无数日出，在撒哈拉沙漠的沙山上，在张掖丹霞地质公园的巨石上，在茫茫大海中航行的游轮甲板上，在泰山黄山的峰顶上。

有时候因为天气，有时候因为地势，有时候因为时间，有时候因为环境，日出在我的记忆中似乎没留下更多的情感，除了偶尔的短暂的兴奋。

唯有这苍山洱海间的日出，在记忆中镌刻了画面。

没有相机，不用花费心思去寻找角度，没有游客，不用担心声音或背影的打扰，没有行程，不用着急下一个景点的车程。小鸟呢喃地唱着，晨风清爽地吹着，晨雾轻盈地舞着，晨光温暖地弥漫着，在山水之间，在云雾之间，在幻觉中，在仙境中，用眼录制着日出的过程，用心感受着日出的美丽。

才发现，一切美好的东西，都是用心来体会的。

日出每天都演绎着一场惊艳，让我在惊艳里享受着风花雪月。

日出开启了温暖的每一天，世界每一天都因美丽的日出而变得美好。

# 蒲公英

蒲公英是较早的报春植物之一。

早春，河滩上草地还没有全部返青，蒲公英就开出了一朵一朵的灿黄。此时，坡地、田野、草坪，随处可见它金黄色的花朵。

这样的情景让我常常想起瑞士的那个黄昏。当旅行大巴盘山而上，快要到达山顶酒店时，我看到窗外流溢在整个山坡的绿色中那密密麻麻的金黄，像星星一样布满山间，恍惚之间那片绿地犹如天空，正闪烁着金色的光芒。

从那次瑞士旅行之后，那闪烁在草坪之间像星星一样的黄色就种在了记忆中。

如果说蒲公英的花是鲜亮的美，那么蒲公英的种子就是梦幻的美。在河滩的草坪中，我见过那球状的毛绒般的冠状种子花，一朵一朵，像雾一样缥缈又像云一样洁白。夕阳西下时，绿意氤氲，水波粼粼，那些挺拔在枝头如雾如云的种子花在晚风中轻轻摇曳，如梦如幻。

轻轻掐一朵，白色的乳液顺着花秆渗出，在手指间散发着淡淡的苦涩的清香。这时会让你想起儿时和小伙伴吹着种子花奔跑的情景，那飘飞在眼前的种子仿佛把时光种植到那段久远的岁月。

那年夏天，朋友送了一些晒干的蒲公英，让我泡水喝。闲来取出一株放在透明玻璃杯里，用开水轻轻冲泡，一片片鲜绿在水中徐徐展开，锯齿形的绿叶，黄色的小花，像生长在透明器皿中的一株仙草，清秀灵动，晕染出浅浅的绿意，飘散着淡淡的清香。

　　五一假期，和父母回到故乡的祖屋，看着满院长势茂盛的蒲公英，经不住诱惑，用了整个上午的时间采了满满两大筐，回家后和母亲一根一根择捡洗净，然后用开水烫过，拌上盐、醋和香油，一盘鲜绿的凉拌蒲公英，就成了舌尖上永久的记忆。

　　至此，才知道蒲公英原来是如此之宝。

　　在唐诗的姹紫嫣红中很少能找到关于蒲公英的文字。查询百度可知：蒲公英，菊科多年生草本植物。广泛生于山坡草地、路边、田野、河滩。种子上有白色冠毛结成的绒球，花开后随风飘到新的地方孕育新生命。营养丰富，可入药，可美容，还可生吃、炒食、做汤，是药食兼用的植物。蒲公英的花蕾可腌泡，常吃具有提神醒脑的功效；根可替代咖啡品饮；花可以做酒；叶子可以凉拌。

　　如此蒲公英，原来在平凡中有着诸多的不平凡：它在中药界有着清热解毒、抗感染作用的"八大金刚"之一的美誉，它在民间有着低调的"养生专家"的戏称，它的食用价值、医药价值、营养价值在《本草纲目》《辞海》中有着极高的地位和评价。

　　蒲公英，这个从儿时起就在田间路边看惯的野花，虽然只是平凡的一株草，却绽放出耀眼的色彩，开出了繁星般的美丽，虽然只是纤细的一粒种，却酝酿着辉煌的希望，包结着飞翔的梦想。

　　蒲公英的花语是"无法停留的爱"。

　　正是这无法停留的爱，蒲公英把美丽的梦想带到世界各个角落。只要有风，它就放飞梦想，随风飞翔，只要有土，它就生根发芽，开出辉煌。

千百年来，在这片古老的土地上，蒲公英生生不息，强劲生长，用最耀眼最美丽最尊贵的色彩，用最平凡最低调最朴实的生命，完成了大自然对人类最简单最无私最恒久的奉献。

# 紫丁香

谷雨过后，春风春雨吹落了春花。昨日还是万紫千红，再抬头已是满目苍翠。本以为美丽的东西都是这样稍纵即逝，却闻到一阵一阵的芳香。

原来是一树一树的紫丁香！

淡紫色的微小喇叭状花朵，拥抱在枝头，一团团一簇簇，繁茂密集，芳香四溢。

丁香，因花筒细长如钉且有香气故名。单株的丁香花纤小细长，只有簇拥一起聚合开放时，才呈现花团锦簇艳压群芳的势态。因聚合在一起的花苞渐次开放，总给人以欲放未尽之意，所以在古诗中有这样的描述："殷勤解却丁香结，纵放繁枝散诞春""雨里含愁态，枝头缀玉英"。

在我经常散步的园林里，有一条几十米长的丁香路。每年丁香花开的时候，白丁香紫丁香竞相绽放，一团团一簇簇挂满枝头，白的清新淡雅，紫的高贵含蓄，白丁香紫丁香相间有序盛开在小路两旁，风起时，白色紫色轻轻起舞，在幽静的小路上妩媚着春色，芳香四溢，沁人心脾；雨落时，紫色白色颔首低吟，在丛丛绿意间惊艳着时光，高雅圣洁，美丽清香。

每每这个时候，我总在想，如果诗人戴望舒走在丁香小路，《雨巷》里的那个姑娘有的一定不是丁香一样的仇怨，而是幽幽的芬芳和静静地美好。

在我眼中，丁香与仇怨没有半点联系，她的含苞待放是她的矜持，那些郁结花蕾是她的羞涩，哪来李商隐的"芭蕉不解丁香结，同向春风各自愁"的心结，又怎有李璟"丁香空结雨中愁"的感怀？

更喜欢杜甫的《丁香》："丁香体柔弱，乱结枝犹垫。细叶带浮毛，疏花披素艳。深栽小斋后，庶近幽人占。晚堕兰麝中，休怀粉身念。"

柔弱的丁香对自己的凋零并没有哀怨，反而是散发出兰麝般的香气洒向人间。

想起曾在郊区院落那段时光，屋舍前有几棵紫丁香，每年花开的时候，清晨的芳香是我最陶醉的时光。淡淡的芬芳穿过窗户飘进房间，和着阳光的味道，和着春风的味道，溢满整个房间，每每这时，我总会站在窗前，尽情呼吸着芳香，尽享这美好的时光。

丁香花适应性强，耐寒、耐旱、耐瘠薄，喜阳光，极容易存活。马路边，隔离带，篱笆旁，院落里，她都可以悄然绽放，虽自身纤小柔弱，但他们相互依托，相互簇拥，他们紧密相连，渐次开放，从三月到六月，都能看到丁香花典雅高贵的身姿，闻到丁香悠长隽永的芳香。

早春时节，当杏花桃花争妍斗艳时，紫丁香含苞待放，就像羞涩的少女，一小株一小株绽放着美丽，沉稳安静；当清明时节风雨吹淋后，杏花落了，桃花开始谢了，紫丁香的花苞相继绽放，不张扬，不炫耀，簇拥在一起静静散发着芬芳；谷雨过后，当枝头那些娇艳的容颜零落成泥时，紫丁香开满枝头，丰满而美丽，典雅而高贵。

春风，吹不落丁香的花朵，却吹开一阵阵芬芳。

看着一树一树的紫丁香，我在想，不是所有的美丽都弱不禁风，只要你有足够的积聚，就会凝聚出更多的美丽，更久的芬芳。

# 黄昏

太阳已经落山，天将黑未黑之际，天地昏黄，万物朦胧，这段时间被称为黄昏。

儿时，在外婆乡下，每到黄昏，炊烟缭绕在屋顶，羊倌护送着羊群回到各自的院落，玩耍的伙伴就要迎着母亲的呼唤回家。那不明不暗的天色中升起的缕缕青烟，意味着快乐的结束和玩伴的分手，留给我的总是孤独和失落。

工作第二年，独自出差河南南阳。办完事准备回酒店时，正值黄昏。那是一个冬天的黄昏，我站在路口等着信号灯，一个个包裹严实的男女或疾步或骑车从我面前匆匆而过。路灯还没有亮起，天色渐渐暗下，不明不暗的光线，照着匆匆疾走的他乡行人，一种灰暗的孤寂的情感强烈地撞击着我。

儿时留在黄昏的失落和他乡黄昏落寞的感觉导致很多年来，我一直不喜欢黄昏。

有一天，无意间看到一段描写黄昏的景致：冬天的黄昏会将裸露的枝丫映照在地上，似一幅粗略的素描，不那么认真的笔触只留下一抹痕迹；春天的黄昏伴着刚抽出的新芽与湖面的游船荡漾在碧波上；夏天的黄昏会悄然地合拢满池的荷花，菡萏的蓬头在晚风中摇曳，招引那夜晚光临的萤火虫；秋天的黄昏将枫叶投射到红砖砌成的墙壁上，几只蚂蚁爬上那面墙，驻足又散去。

这段文字多少让我对黄昏有了暖意，但我还是无法克服我的黄昏恐惧症。

后来，一次在西安出差，朋友专门在黄昏时分约我到了城墙下。此时，街灯渐次开启，城墙上空闪烁着一道道彩色的流光，将黑未黑的天幕下，那道道流光像划过夜空的流星，神秘朦胧。城墙周边灯带流淌，城下环城公园里光影迷离，白天灰暗森严的城墙在黄昏的暮色中忽然间变得娇柔而美丽。

朋友看着我，说了一句话：黄昏，开启了黑夜的美丽和温情。

如他说，乡村的那个黄昏，开启的就是外婆温暖的炕火和亲情，南阳的那个黄昏，开启了城市美丽的夜景。

那一刻，忽然感觉多少年来不喜欢黄昏，是因为多少年来从未尝试过喜欢。

其实，很多时候，喜欢不喜欢，这一字之差，只差在执念中。

进入 12 月以来，雾霾侵袭着中国北方大多数城市。

百度百科：雾霾是特定气候条件与人类活动相互作用的结果。高密度人口的经济及社会活动排放出大量细颗粒物（PM 2.5），一旦排放超过大气循环能力和承载度，细颗粒物（灰尘、硫酸、硝酸）浓度将持续积聚，此时如果受静稳天气等影响，极易出现大范围的雾霾。

因为这大范围的雾霾天气，城市开始出台车辆限行规定，车辆分单双号行驶。

徒步行走在路上，感觉空气沉闷，不时有刺鼻的气味侵蚀着嗅觉。

街道上，依然是车流不断，鸣笛声依旧充斥耳膜，在十字路口等候的车辆依然排着长长的队伍，在一个路口拐弯处依然还有拥堵。

路旁，钢筋水泥在挖掘机走过的地方横七竖八地堆挤着，不时扬起阵阵尘土，弥漫在空气中。

便道上，远远就闻到弥漫在空气中的油烟味和各种混合的早餐气味。远处，高高的烟囱上缭绕着一股股白色的烟雾。

忽然很想念故乡的小镇，想念那似乎永远的蓝天白云，想念云南丽江，想念那纯净的色彩和清爽的空气，甚至在想，要不要在这座城市继续居住下去？

仿佛瞬间明白了人类回归和迁徙的目的。

然而，如果每个人都选择回归和迁徙，不能想象下一个生活的城市会是怎样。

其实，每个城市都曾是蓝天白云，因为城市化进程的加速，区域内人口快速膨胀，随之而来的大量的生产活动，不良习惯和不文明的生活方式，快速蔓延至城市的每一个角落，雾霾是城市无言的反抗。

城市中人都希望走出城市去呼吸纯净的空气，仰望蔚蓝的天空，却很少有人去思考怎样蔚蓝头顶的天空，净化身边呼吸的空气。

如果生活在城市的每一个人都能规范自己的行为，不随手丢垃圾，不随地吐痰，经常绿色出行，不在路边摆摊设点，让早上的油烟和晚上的烧烤走进室内，给绿草腾一片空地，让鲜花能够微笑……

城市不就回归了天空的蔚蓝，空气的清爽吗？

那时，我们还会因为环境而选择迁移？

## 夕阳（外三篇）

喜欢透过车窗在行走的视线中看夕阳西下的窗外。

尤其冬日。

透过稀疏的树林，夕阳的光跟随速度流淌，间或没有树枝的遮挡，红彤彤的夕阳悬在远山顶上，周身散发着绚丽的光芒，云似彩带天如霓裳，万物都笼罩在这光芒中，享受着夕照的青睐。

北方的大地，没有湖泊，也就没有灵动的秀气，但残留的一条条白色的雪线，却在夕阳下舞动了起来，炫耀着那一场轰轰烈烈的告白。

山峰的残雪，在余晖的光照里却如洁白的薄纱，在叠嶂的山峦间轻柔的漂浮着，如雾一样朦胧。

山挡住了夕阳，只有天边彩色的霓裳。

随后是长长的隧道，流动的车灯像流动的河，在隧道里流淌。

出了隧道，不见了夕阳，不见了彩云，暮色笼罩的天边只留下一道淡淡的暗红。

黑夜吞噬了所有的风景，包括夕阳的美丽。

但黑夜的降临，也必将迎来东升的旭日，还有更多更美的风景。

秋叶

秋风吹过，叶子飞离树枝，有的像一只只蝴蝶翩翩起舞，有的像一场落雨纷纷而下。

捡拾几片，压叠在相框里，红色黄色绿色明亮的色彩，扇形圆形菱形独特的造型，叠加在一起，脉络清晰，色泽明艳，却也是另一番秋色。

原来，只要热爱生命，生命的美丽随处可在。

北极村

在北极村，随处可以看到北的标志。

最北人家，最北邮局，最北哨所，最北书店，还有在广阔的草地上竖着几块写有北字巨石的北极广场，还有以北字为柱架起的北字长廊。

有句话说找不到方向就是找不到北了，似乎北就是方向。

到了北极村才明白，原来是没有了其他方向，北才成为唯一的方向。

当一个人没有目标时，会有很多方向，一旦有了目标，那就只有一个方向，一路向北，一路北上！

唐槐

在喧闹的城市中，我看到了一棵唐槐。

这棵从唐朝走过来的槐树，历经沧桑，饱经风霜。

蜿蜒盘结的树根半遮半掩在地面上，像巨蟒一样。

树干主干粗壮，几人难以环抱，但爬满了岁月的树纹，一道道清晰可见，分长出来的侧干则像缺钙的老人患了骨质疏松症，感觉用力就可以折断，他们被铁架支撑着，努力地舒展着年迈的枝干，而枝干上的树枝，树叶繁茂，直通天际。

站在她面前，我有点感动。

千年的岁月扎下了千年的根，繁盛出千年的枝叶，唐槐在自己的生命中，为自己书写了 1300 年的历史，还将继续书写下去。

这顽强的生命，依赖于她扎根的土地，而这块土地，也因为茂盛的生命而被载进历史。

站在这片土地上，看着这经过几千年风雨仍然旺盛的生命，忽然对生命有了敬畏。

敬畏生命，也敬畏生命赖以生存的土地。

阳光透过金黄的树叶，斑斓出明亮的光影，绿色的木质长条凳上，身着红色马甲的阿姨，微闭着眼睛，在聆听；青石的小径，幽深绵长，红绿相间的院门旁，是晒着太阳的爷爷和慵懒的阿黄。

雪白的墙壁上，垂挂着的绿色，还有那在绿色中成长的丝瓜，吸引着拿手机的她；参天的古树，琉璃瓦的飞檐，格栅的窗，高高的槛，黝黑的石碑前是牵着手的他们，读着那段曾经发生在这里的故事。

格桑花在田埂上摇曳，田埂上她在行走，风吹过，稻田起伏像波浪，在耳边沙沙地响。有蜻蜓飞过，有阳光晃过，有沉甸甸的稻穗在手掌间拂过。

湖水像蚕织的锦缎，在午后的光影中旖旎出柔和软。芦苇花轻盈出风姿，杨柳枝妩媚着婀娜。她在桥面看野鸭，野鸭在水面看她。

撒着光影的小路，是无声的脚步。有小鸟飞来，停落在路中央，有落叶飞过，飘落在路中央。有思绪闪过，此时彼时？何等相似。

贝加尔湖的旋律在咖啡的香气里回荡，莫奈的池塘在静静地流淌。目光所及，思绪所至。此时此景此物，那年那月那时光。

# 落叶时节

一阵风起，一阵落叶雨。

落叶像一只只金色的蝴蝶，旋舞着，从枝头飒飒而下。

夏日的远去，带走葳蕤的绿意。秋雨悄悄浸黄了枝头，寒意慢慢染红了绿叶，那一树树摇曳的金黄，那一丛丛绽放的火红，缤纷着城市的风景。

因为冬天要到来，秋风导演着落叶雨的镜头。

寒冷的秋风一夜之间扫光了城市的风景，留下孤独的枝干寂寞地守望着城市的冬天。

这是落叶的季节。

厚厚的落叶铺陈在树干脚下，像厚厚的地毯温暖着根须，那落叶或枯萎或金黄或火红或翠绿，离开赖以生存的母体，仍然努力着自己的生命色彩，装点着季节的风景。

因为季节的转冷，树木赖以生存的温度和水分威胁着她们的生命，于是，为了减少养分的汲取，为了保存枝干的生命，也为了来年的新生，叶在生命最美的时候，随着秋风选择了漂泊的生活。

这是落叶的季节。

飘飞的落叶揣着美丽的梦想写就了古今吟诵的诗句，满地的金黄带着生命的本色走进了油画框。看惯了繁华似锦的美丽，林中厚厚的落叶便成了镜头下别样的景致。

因为草木枯萎，万物萧条，于是，落叶就用他独特的方式丰富着季节。

为了迎接寒冬，叶在生命最美的时候，随秋风选择了漂泊的生活。风起，漫天飞舞像彩蝶，风止，静静飘零似落花。

秋风起，漫天飞舞像彩蝶，秋风止，静静飘零似落花。

"落红不是无情物，化作春泥更护花"，道出了落叶的初心。

走进落叶，脚下沙沙的声响，和着心底的宁静，在这夕阳西下的时候，演绎出时光的美好。

# 循着春天的路
# 看秋天的风景

喜欢秋天，当秋色流淌的时候。

喜欢它被秋风吹过的黄，喜欢它被秋霜冻染的红，也喜欢摇曳在枝头的绿，这个时候，大地不再是单一的色彩。

树林里茂密的不是绿意，而是红黄绿交错的美，树木像调色板调过的色彩一般，绿意中流淌着黄，黄色中隐现着红，正所谓"数树深红出浅黄"。

循着不变的路径，我看到挺拔着一树一树金黄的银杏，在秋天深邃的天空下灿烂着，一丛丛鲜艳的红枫耀眼夺目，一株株低调深沉的红叶李难以隐藏红叶的美，高大茂密的五角枫像一把撑开的巨伞，撑起了秋天的五彩缤纷。就连针叶松，也不忘了在秋天给针叶染上一抹黄，那被浸染的针叶像盛开在松树丛的一朵朵花，绚丽着秋天。

秋意就在属于秋天的这些树木的色彩之间流淌着。

循着不变的路径，在流淌的秋意里我相遇了樱花，樱花在秋天早早谢幕，零星的叶片摇曳在春天繁花似锦的枝头；我看到了玉兰，玉兰早春那清新优雅的花姿不再，她寂静在秋意中摇落着枯黄的树叶；我走近丁香树，秋意浸染的已是满树的沧桑不再有春天的芬芳；我寻找着桃树梨树李树杏树，她们不再有春天的娇美明艳……

一阵风吹过，秋叶纷纷落下，像翩跹的蝶，飞舞出眼前秋天的美丽，又似飘落的雨，浸润出心底秋天的凉意。

循着不变的路径，我看到了落叶飘落在小径，装饰出一条条浪漫，飘落在林间，层叠出一张张金毯，飘落在草坪，闪烁出一颗颗星星。想起了春天落花飘零的情景。无论是春天的花还是秋天的叶，他们都像来自季节里浪漫的天使，装饰着有形的空间，延展出无限的诗意。

春有春的美艳，秋有秋的韵味。

生命，有的在春天绽放，有的在秋天辉煌，只是时间不同，再无他别。

循着春天的路看秋天的风景，凋零的只是现象，新生才是本真，在秋天早早谢幕的生命，是在酝酿春天的绽放。

秋天的美，没有生命蓬勃的惊喜，却多了生命成熟的含蓄。

你看，天目琼花的枝头那像红玛瑙一样的果实，山楂树、柿子树上那挂满枝头的红艳和橙黄，不正是生命成熟的美？

秋雨·秋风·秋韵

秋　雨

傍晚时分，下起了雨。

打着雨伞漫步在雨中。

初秋的雨，绵绵柔柔，凉凉爽爽，驱走了夏日的炎热。

公园里少有的清静。

秋雨打在雨伞上，滴滴－答答，整齐，悦耳，动听。

雨声在静谧的公园里，演奏着秋的旋律，远处不断传来车辙声，穿越寂静的空气，和着秋雨的演奏。

除了雨声，还是雨声，哗哗，沙沙，滴滴答答，茵绿了草坪，娇嫩了花朵，氤氲了湖面。

柳枝在雨中舞动着秋，松柏在秋里享受着雨，秋风吹皱的湖面上跳跃着雨滴，丛丛绿植上闪烁着晶亮的雨水，湿漉漉的小径上，泛黄的树叶，枯萎的花瓣，在雨中低泣。

一场秋雨一场凉。

当炎热在秋雨的冲刷下远去，当秋风在秋雨的乐声中吹起，当花瓣层层凋落，当绿植渐渐枯萎，当某个夜晚风雨声从窗外走过，当这个早晨满地铺着厚厚的落叶，你知道，秋天来了。

才发现，那个热烈的火红的夏天，那个生命力旺盛的夏天，远去了。才想起，那个夏天的好多风景不曾看过，感受过。

秋已来，切勿再错过秋的景致。


秋　风

午后，秋风起。

秋风强地吹着，带着阵阵凉意。

太阳明亮清爽，天空透彻洁净，云朵像雪白的棉絮漂浮在天空，一切像水洗过一样。

风呼呼着从耳边走过，耸入云霄的枝叶沙沙地响动着，广告旗迎风啪啪地飞舞着，湖边芦苇飒飒地摇摆着，波光粼粼的湖面一浪一浪起伏着。此起彼伏的各种风声交织在一起，时而清脆尖利，时而沉闷浑厚，秋风，像杰出的指挥家，在城市的园林里指挥着一曲大自然的交响乐。

音乐，偶尔停下，世界似乎瞬间安静，一切变得温润。草坪里响起美妙的音乐，湖面上水波缓缓地流淌，树叶在枝头低低吟唱，芦苇花在阳光下轻轻起舞，风走过耳边，吹过面颊，温柔了许多。

风再起。万物在强劲的秋风中摇摆舞动，成片成片盛开的菊花摇曳着金黄，时而低首，时而挺胸，碧绿的荷叶携手莲蓬曼舞湖中，时而俏丽舒展，时而俯身合拢，小草在草坪轻舞，树叶在枝头劲舞，芦苇在湖边群舞，柳枝在空中摆动着绿衣长袖，翩翩起舞。秋风在城市的园林导演着一场大自然的歌舞盛况。

这是秋天的舞台。

秋雨落，秋风起。

春天的娇艳，夏天的葳蕤，会在一场场秋雨一阵阵秋风中渐次远去。

这个秋日的午后，

荷未残，柳未败，红将落，明晃晃的太阳，温暖，祥和。

这个午后的秋日，

天高远，云清淡，风欲止，静悄悄的时光，恬和，美好。


秋　韵

阳光温柔地抚摸着湖面，湖波舒缓着湖面的皱褶，垂柳枝陶醉着水中婀娜的倒影，芦苇花微风中轻舞着曼妙的身姿。三只两只野鸭悠闲在水中央，偶尔跃出水面的鱼儿偷窥着静谧的午后时光。

一片落叶悄然飞落脚下，悬挂枝头的果实洋溢着成熟的喜悦，一树树火红，一树树金黄，在澄澈蔚蓝的天空下，绚烂着秋的颜色。

远处，城市冰冷的楼宇在水中摇曳着，忽然感觉在空中也温柔了起来，再远处，偶尔传来的孩童的笑声更增加了午后的宁静。

这是滨河公园的秋景。汾河，穿过三晋大地，在穿过的城市沿途留下了四季的风景。

这是秋日的周末的午后，散步在城市的河边，路，是同样的路，树，是同样的树，花，还在那里盛开，水，依旧泛着涟漪，但脚步慢了，心静了，再看秋天的风景，有了韵。

如果说，春天是新生的美，夏天是热烈的美，那么秋天就是成熟的美。

四季中，只有秋天被分为初秋，深秋和晚秋。在秋的季节里，孕育着更多的色彩和生命。

初秋，菊花绽放着生命的色彩，果实孕育着生命的喜悦，一切舒缓平和，幸福安详；深秋，一丛丛红叶漫山遍野流淌着彩色，一树树金黄城市乡野渲染着空气，热烈，豪放；晚秋，叶落了，荷残了，厚厚的落叶铺呈着浪漫的美，枯萎的荷叶勾勒出宁静的画面，一切含蓄内敛庄重。

才发现，此时的秋天，不仅仅是秋景，更多了秋韵。

不一样的年龄，不一样的心情，你眼中的风景各不相同。

第五辑

关于故乡

# 故乡的年

父母在故乡，故乡便有家。

回故乡过年，成了一年里最真切的渴盼。

故乡的年，从除夕正式开启。

每年的除夕早上，父亲拿着写好的春联，自己熬好的浆糊开始忙乎。他先把去年的旧春联撕下来，再把门框上留有的旧痕迹擦掉，然后把写着祝愿的新联认认真真摆放端正，糊上浆糊，确保上联下联横联妥妥地各就各位，最后再把那个大大的福字倒贴在门上。

楼道里顷刻间红红火火，喜气洋洋，映衬着父亲的笑容，快乐而美好。

每年的这个时候，母亲必是厨房里最忙的人。

除夕的午餐，母亲从腊月23就开始准备了。小年过后，烧肉、炸丸子、蒸花馍，炸麻花等食材加工，母亲几乎一样不拉地都要准备妥当。

除夕的午餐是家里过年最正式最丰盛，也是最能体现母亲厨艺最有故乡味道的午餐。餐桌上除了这些早已准备好的食材外，油炸糕和烧鱼一定必不可少，母亲说：吃了油炸糕，来年步步高；有了红烧鱼，年年更有鱼。

午餐过后，是准备祭祀的时间。除夕下午日落之后，父亲要按照故乡的习俗请祖宗回家。

这时，母亲会烧制祭祀小菜，父亲把祭祀的牌位、爷爷奶奶的框相，蜡烛，香炉等一一摆放妥当，然后到祖坟去请祖宗回家。

请到家后，父亲放炮，上香，磕头，祭拜，虔诚地做完每一道仪式。因为有这个重要的仪式，父亲从来不外出过年。他说只有在故乡过年，祖宗才有家可归。

请回的祖宗按习俗正月十六下午离家，这期间，每日三餐在正式用餐前，父亲总是先把餐桌上的菜肴和主食，分别夹在碗里，放到牌位前，点香敬酒，有时还会为爷爷敬上一支烟。所有程序结束后，自己才开始用餐。

除夕的傍晚，是故乡最美的时刻。街上的彩灯亮起时，家里的大红灯笼开始旋转，玻璃窗上的七色彩灯开始闪烁，这个时候，家家户户笼罩在红色的光晕和闪烁的霓虹之中，色彩斑斓，美丽梦幻。

七点时分，年夜饭开始。照旧是满满一桌，必不可少的是水饺。母亲说年夜饭就是团圆饭，最能体现年的味道。全家人坐在一起一边举杯交错，互道祝福，一边等待着春节联欢晚会的开始。看春晚，是除夕夜里最重要的一件事。不管是从前还是现在，春晚的歌舞声和欢笑声依旧是除夕夜家里最不可缺少的声音。

午夜的钟声敲响时，故乡的年开始沸腾。

家家户户点旺火，响炮竹，年在旺火的冲天火光中，此起彼伏的爆竹声中，大人小孩的欢笑声中，绽放在空中的七彩火焰中。

点旺火是故乡过年最隆重的仪式。以前的旺火都是炭块垒砌，现在多改用木炭。旺火正旺之时，大家会在旺火前烤一些食物，或烤一些衣物。祝愿新的一年生活旺事业旺。

响过爆竹点燃旺火之后，给父母拜过年，接过母亲早已准备好的压岁红包，带着新的祝愿，开启新的一年。

初一会到亲戚家拜年，故乡还有初二接财神、初三迎喜神、初四祭诸神、初五不出门等习俗，直到正月十五晚上看了花灯，正月十六下午送了祖宗，故乡的年才真正结束。

故乡的年，有喜庆，有温暖，更有岁月里的祝愿和期盼。

# 故乡的塔

记得儿时，每次回故乡，当长途汽车驶进县界时，远远地看到耸立在低矮平房之间的高大木塔，母亲总会兴奋地说：看到木塔了，快到家了。

那时，父母工作在外地，每年会带我回一次故乡探望祖辈。那时的木塔，于儿时的我，是故乡的坐标。

后来，回到县城中学读书，六年里最大的心愿就是离开故乡。那时的故乡没有楼房，没有公园，没有火车，没有商业区，没有娱乐设施。在我眼里，故乡贫穷，落后，闭塞，传统，不是我向往的城市，更没有我想要飞翔的天空。于是，毕业之际，我将自己留在了省城。

那时，每每被问及自己的故乡时，我也会提及故乡的塔，那是因为故乡的塔比故乡本身更被人熟知。

其时，故乡的塔，在故乡已挺拔了930年，已是国内最高最古的木构塔式建筑，与意大利比萨斜塔，巴黎埃菲尔铁塔并称"世界三大奇塔"。

然而，对于只在故乡度过六年中学生活的我来说，这座"峻极神工"，这座"天下奇观"的千年古塔，于我，只是故乡的一个代码。

后来，也常常带朋友回故乡游玩，故乡的塔就成了故乡的一个标识，一个和好友留念的背景建筑。

随着年龄增长，对个体的关注越来越淡，更多地开始关心父辈，关心祖辈，开始关注传承祖辈血脉的故乡。在外漂泊多年的自己，开始思念故乡，思念留在故乡的那段岁月和留守故乡的亲人和朋友。于是，回故乡的次数开始多了起来。

每到节假日，也常常会有很多游客慕名而来，热闹着节日的故乡。站在游客中的我，常会因此而心生骄傲和自豪。

故乡的塔全称佛宫寺释迦塔，是一座木结构楼阁式佛塔，是国内现存的唯一的木构塔式建筑，2016年获吉尼斯世界纪录认定为世界最高的木塔。木塔塔高67.31米，共五层六檐，各层间夹有暗层，实为九层。整个塔身全部为木质构件咬合而成，无一钉一铆。据资料记载，全塔耗材红松木料3000立方米，2600多吨。建筑充分利用传统技巧，广泛采用斗拱结构，通过斗拱与柱梁枋连接，并巧妙利用暗层加固。木塔共使用斗栱54种、480朵，被称为"中国古建筑斗拱博物馆"。这些斗栱就像一个可松可紧的弹簧，当大风、地震来临时，可以吸收动能，保护主体结构不受侵害。国家文物局对释迦塔的评价说，木塔是现存世界木结构建设史上最典型的实例，中国建筑发展上最有价值的坐标，抗震避雷等科学领域研究的知识宝库，考证一个时代经济文化发展的一部"史典"。

"巍峨古刹依荒累，突兀孤标插碧空。"故乡的塔，就这样渐渐潜进我的意识里，常常进入我中年的梦境，成了我中年的思念。

那日，走在塔西广场，看着红墙内高耸入云的木塔，竟生出无限感慨。游览过无数个4A景区，追寻过多少个世界第一，却从没有用心游览过故乡的塔。多少年，不是途经时路过，就是陪同异地好友看过，长在木塔脚下的我，从来没有用心走近过。

身边有儿童拽着风筝欢快地跑过，留下清脆的笑声和快乐的身影，远处，一处灰砖灰瓦的屋檐下，是抑扬顿挫的戏曲唱音。

年长的老人们围坐一起，敲打着乐器，不时发出一阵阵喝彩声。

正值春季，故乡阳光明媚，天空湛蓝。

停下脚步，抬头凝视那高耸入云的塔身，聆听到春风传递而来的悦耳的风铃声，一种久违的又似乎是从未有过的感觉从心底腾起，恍惚之间，时间凝固，世界空灵。

欢笑声戏曲声都似乎来自天外，红墙外的广场小径安逸宁静，只有红墙内的这座千年古塔，我听到了飞绕檐廊的燕雀的歌声，听到了来自斗拱和木柱关于故乡千年沧桑的诉说。

千年前的中国，宋辽对峙、兵连祸结，位于辽国地盘的故乡当时距离战事不断的两国边境只有几千米。因特殊的地理位置，或者其他未可考证的原因，辽国萧太后倡导修建木塔，在作为家族宗庙祈求福报的同时，兼做边境眺望之功用发挥军事价值。从 1056 年建成至今，几十次地震，上百次炮轰，无数次电闪雷击，木塔秉承着祖先英勇强悍的精神，坚强地挺拔在故乡的土地上，庇护着故乡的世世代代。

故乡的塔，在我离开他三十年之后的这个春天，就这样悄然走进我的心底。

如今，站在生活几十年的城市，看着川流不息的行人和车辆，常常会感到陌生，陌生到以为自己只是过客。

才恍然，故乡的塔，是故乡的魂，是植根我心底萦绕我梦里的故乡情，盘结在我的情感世界，温暖着我的生命岁月。

晚饭后，父亲把阳台收拾利索，摆上各种水果和月饼。

水果一定是色彩鲜亮的，名字一定要有寓意的，苹果火龙果百香果，红枣桂圆桃子，橙子石榴柿子，这些有着美好寓意的水果一样不少，母亲说摆了苹果岁岁平安，吃了柿子事事如意，咬了桃子长寿百岁。在这丰盛的水果宴席里，梨子山楂母亲是绝不让其入席的。我开玩笑说母亲迷信，母亲笑笑说：迷信就迷信吧，反正不摆梨不分离。

水果宴中，必少不了经过母亲之手雕刻出来的杰作：哈密瓜变成的玉兔，大西瓜变成的花篮。

每年中秋，母亲总会买一个最大的月饼，母亲开玩笑说要像月亮一样大，月亮神才会看到，月亮神看到了，就会吃到，吃到了，就会保佑平安。

各种月饼水果分次排列摆放好之后，父亲会点燃一支香，袅袅香雾就带着瓜果香和饼香，带着全家人的快乐，带着中秋节日特有的祝福弥漫在团圆的喜庆中。

每年中秋，故乡的月似乎都格外明亮。

少时家住平房时，院里会摆上一张方桌，桌上摆放月饼和水果，那时月饼没有现在的多，水果也没有现在丰盛。记忆里最多的是那个小红果，总是散发着浓浓的果香。放在口袋里，浑身散发着香气，放在书包里，书本都散发着香气。为了让香气更持久，母亲会用毛线钩织一个漂亮的网袋，然后把小红果装在网袋里，挂在我身上。那些天，这些甜甜的果香就始终伴随着我。

那种香，在我写这些文字的时候，似乎又弥漫在了属于我的空间，闭上眼深呼吸，我仿佛又嗅到了那种香气。她好像就隐藏在我嗅觉的某一角落，只要打开记忆，就会散发出来。

成年后的很多个中秋夜，我都会和母亲聊起那个散发着甜香的记忆，我说：那时候饼有饼香，果有果香，现在什么都没有味道了！

这时母亲总会说：那时候一个苹果你和你弟你推我让，都舍不得吃，现在看着各种水果你们想吃啥？不是水果月饼不香了，是你们吃得太多了！

于是我和母亲开始回忆各种陈年旧事，节日在这些旧事里变得愈加温暖美好。

印象至深的是故乡中秋夜空的烟花。月亮升起后，家家开始放烟花，灿烂绚丽的烟花在空中绽放，看着这些美丽的烟花，我会短暂忘记中秋的那轮明月，和有关明月的浪漫故事，更多地沉浸在爆竹的声响中，还有那绽放在夜空的美丽瞬间。

在我的潜意识里，烟花是除夕夜的专利，而绽放在故乡中秋夜上空的美丽，让我意识到烟花是属于故乡的专利，是故乡庆祝节日的一种方式，也是节日表达喜庆最简单纯粹的一种物质表现。

随着烟花禁放的规定，故乡的节日终究也会变得安静，但那些曾绽放在夜空的美丽，就像生命中那些美好的记忆一样，定会成为故乡节日特有的记忆。

时近午夜，响在故乡上空的美丽渐渐褪去，故乡的明月更加清澈明亮。走进故乡的街道，会看到路边商铺门前摆满桌面的瓜果，还有燃烧殆尽的香灰，每每这时，我总会有一种错觉，似乎看到一个古老的国度和一种传承至今的古老文明，人们对大自然神灵的祈福保佑，对人间丰收的祝贺，将生命的幸福美好通过节日这个特殊的日子用这种古老的方式传递出去，也只有在故乡，我才会看到，这种传承不仅仅是文化的传承，更是对生命的尊重。

故乡的月亮总是很大很圆，坐在阳台上，看着除夕前夜城市的明月，写下这段关于故乡中秋的文字，想念故乡挂在千年古塔上空的那轮银盘，想念故乡的亲人，遥祝我爱的亲朋节日快乐，幸福安康！

# 外婆的小院

　　离开几十年之后，再回到外婆的小院，一切已没有了原来的模样。

　　那条狭窄的小巷口堆砌着金黄的玉米棒，小巷原有的土路已被水泥替代。只有外婆院门，还是那两扇低矮的木质门板，紧闭的铁锁满是锈迹。

　　从邻居已倒塌的墙壁望进去，院子里那棵高大的杏树茂密着枝叶掩盖了半个院落，杏树下那曾经装满香甜面酱的酱缸倒扣在杏树脚下。

　　跨过倒塌的院墙进入外婆的小院，那曾经温暖的充满欢乐的房屋已在岁月里只留下歪斜的门和窗，房屋的后墙壁已不知何时倒塌，似乎不愿再和房屋承受孤独和寂寞，用生命换来了房屋的通透敞亮。只有屋里的土炕在木质格栅窗下坚守着它的使命，固守着岁月的记忆。

　　院门前边的那棵榆树挺拔高大，碧绿的树叶越过低矮的院墙望向外面的世界，似乎在等待着什么。院子里篱笆墙没有了，那些鲜艳的花朵没有了，只有野草在茂盛着自己鲜活的生命。

　　站在院落中，我思绪万千。院子里的一切在我脑海中慢慢还原，记忆像花瓣一片一片在眼前展开。

舅舅指着东屋那扇歪斜的已没有了窗花的小窗问我：还记得你从窗户上掉下来吗？

记得，怎么不记得，从小就喜欢外婆的土炕，喜欢跪在炕上趴在窗户上看院子里盛开的花，看院门打开走进的串门人，那一次，我刚爬上窗户，正好一阵风刮来，风力作用下窗户猛然关合，把我推向窗外掉到院子里，摔疼了胳膊。我就哭嚷着告诉外婆，说是小舅把我推下了窗，外婆听信我的话追着小舅打，吓得小舅一天不敢回家，这件冤案一直被小舅念叨至今，成了我童年最大的趣事。

外婆东屋的炕上有一只大花猫是我童年的伙伴，炕墙上那些原来白鹤山水的墙画已斑驳成一片一片断裂的缝隙，我努力想用记忆弥补这些缝隙，但搜寻了许久还是没能完全复原。

我离开得太久了，而很多记忆又都是童年的记忆。舅舅问我还记得西屋没有，我记得。记得，小学以后每年暑假回来西屋就成了我的专利，坐在西屋趴在小桌上写作业，西屋地下总有舅舅从生产队分回来的甜瓜、黄瓜、茄子、西红柿，我总是第一个享用这些瓜果的人，到后来我不喜欢甜瓜西瓜，也许与那个时候吃多了有关系吧，就如常言说吃伤了。

西屋的屋顶上冬天总有一只羊腿吊着，外婆总是隔三岔五削一些羊肉，切碎，放上各种调味蒸好了给我吃，那是记忆中最美的味道，这种味道从外婆去世以后再没有吃到过也没有闻到过。

外婆的堂屋里放着米瓮和面瓮，在堂屋角落里还放着醋瓮。做醋是外婆的绝活，醋发酵的时间，满屋都飘着醋香，那个时候我最喜欢的事情就是等着外婆搅醋缸，因为那时外婆总会抓出来一把醋糟递给我，我接过醋糟一点一点在嘴里吮着，那种酸香的记忆至今难忘。

外婆除了会酿醋，还会自制黄酱，院里篱笆墙外总是放着几缸面酱，黄黄的稠稠的面酱从香甜到甜咸，总是勾引着我的味觉。

从院门到堂屋那条鹅卵石的小路上，各种野花野草从缝隙间努力地生长着，小路旁边的菜地和花圃已没有了半点踪影。记忆中菜畦里是一排排韭菜、小葱，还有翠绿的菠菜、嫩绿的小白菜、芹菜等，菜畦周边是外婆喜欢的大丽花、格桑花，还有爬满篱笆的喇叭花。那棵杏树就长在这些绿和红之间。记忆中的它还只是一棵小树，如今，已成长为一棵参天大树。

陪伴它的，只有院门口那株和她一起在岁月中长大的榆树，它们像忠诚的卫士，坚守着这片土地，用它们在岁月中强壮茂密的枝叶荫庇着外婆的小院，收藏着小院关于岁月的故事。

年少时不知道岁月是啥，生命走过半个世纪，重新走进外婆的小院，似乎回到了年少的时光，在回忆中一点一点搜寻着曾经的记忆，才似乎明白了什么叫岁月，原来就是带走生命中许多美好的那段无形的悠长的永不复返的时光。

站在荒凉的只有野草丛生的院落，面对高大粗壮的树木，看着在院落中飘摇的屋舍，寂寞树下的那几口大缸，我似乎第一次感到岁月带给生命的无奈，岁月带给时光的匆忙。

走出小院，我似乎还行走在记忆里。外婆的小院，是我童年的记忆，这份记忆，在生命的岁月里，像外婆的陈醋，打开，就有芳香沁入心扉，我知道，这次重回小院，这份记忆，又如那棵茂盛的杏树，茂密了我的心底。

# 祖屋

祖屋是祖父的祖父用勤劳的双手和牙缝里的节俭建起来的遮风避雨的场所。

到了父亲的祖父时代，家境殷实起来，祖屋经过了改扩建，成了村里较为气派的院落。据父亲讲，当时的祖屋两进院落，前院落放置农具养殖牲畜，后院落五间正房五间偏房，正房住着他的祖父母和父母，偏房住着雇佣的长工。

到了我的祖父，不仅双腿残疾，而且祖屋也遭受了破坏，只留下五间正房在风雨中飘摇。

我的父亲在祖屋度过了幸福的童年，祖屋也给他留下了许多辛酸的回忆。17岁那年，父亲考学到省城读书，从此，祖屋就成了他故乡的驿站。

我也出生在祖屋。据母亲讲，我的出生给祖屋带来了很多欢乐。

记忆里，祖屋总是被阳光暖暖地照着，白色的浆纸糊着的窗户上，贴着一幅幅漂亮的剪纸，有叫喳喳的喜鹊，有正绽放的牡丹，还有俏丽枝头的梅花，那些生动的剪纸，总是给幼年的我无限的遐想。

祖屋分上下院。上院铺着大块的青砖，常常被祖母打扫得干干净净。白天晾晒着洗好的衣服，秋收时节就成了堆放和晾晒玉米、葵花的场地，有时祖母也会晒上一些豆角、辣椒等蔬菜。夏天的晚上，也常常成为一家人吃晚餐的地方。

祖屋的下院里种植着各种应季蔬菜，院子的角落里还长着小姑喜欢的海娜花、格桑花，还有曾祖父心爱的烟草叶。

母亲说有一天中午，大家都在午睡的时候，我偷偷跑到下院，拔光了曾祖父所有的烟草，气得他几天不和我说话。

记忆中的曾祖父长着银白的胡须和银白的眉毛，身材佝偻，总是挂着一根拐杖，生气的时候就拿拐杖在地下乱敲。他很疼我，总会留给我一些好吃的东西。每次看着我从他手中接过那已经没了颜色的糖纸包着的几颗黑乎乎的果糖时，我就看到他的胡须和眉毛都笑着飘起来。

曾祖父是在我童年时离开祖屋的，祖父是他唯一的儿子。祖屋忽然变得冷冷清清。

后来，祖屋只剩下祖母一人，独自住在祖屋几十年。

她每天最重要的事情就是盼望着省城工作的大儿子，远嫁他乡的三个姑娘，忽然出现在村口，路口，家门口，盼望那一声"妈，我回来了"。

每年寒暑假回去，第一眼总会看到祖母一人坐在窗前茫然地望着窗外的表情，等我们走进院子，走近屋门时，她才会扫掉茫然，露出满脸亲切的笑容。

母亲说，祖母自15岁走进祖屋到92岁离开祖屋，一生只有两件事，一件是关心照顾她的儿女，一件是牵挂翘盼她的儿女。

祖母离世后，祖屋就再没有人住过。

父亲退休后常常会一个人回到祖屋，他说祖屋有他童年的回忆，少年的辛酸和成年的牵挂。

父亲常常一个人站在祖屋院落中，看着那在岁月的风雨中苍老了容颜，苍老了筋骨，低矮破旧的祖屋叹息。

那曾经被修理成一席席方块的整齐院落，早已没有了瓜果蔬菜的飘香，任意滋生的野草蔓延至青砖铺就的屋门前，淹没了从院门通向祖屋的那条水泥铺就的小路。

祖屋好似一个风烛残年的老人，已经不起风霜的打击，雨雪的侵袭了。他孤寂落寞地站立在苍穹下，日夜陪伴他的只有那杂乱生长的野草。他看着她们，在春风中摇绿了院落，摇出曾经的昌盛，在秋雨中褪尽生命的色泽，褪出岁月的无奈。

祖屋，在百年的岁月里，温暖了一代代血脉，还将在百年的孤独中，坚守着那块土地，为血脉传承的后代坚守着灵魂的故乡。

# 乡音

　　节日期间回故乡和同学小聚，大家用家乡话聊着往事，提到一些儿时的笑话时，大家纷纷感慨这些年对乡音的情感。

　　同学讲了一个故事：一位旅居美国的游子回到故乡，看到村庄曾经住过的房子，上过的学校，玩过的地方都已没有了影子，那条曾经无数次走过的小路也没有了泥泞而是铺上了水泥。看着来来往往从身边路过的人，他突然希望现在有一个人能用家乡话和他说说话，甚至像儿时那样用家乡话骂他一顿，他都会感到温暖和幸福。

　　乡音了游了，是童年的欢乐，是青春的记忆。

　　乡音，是游子对故土的留恋和思念。

　　走在外地，只要听到乡音，即使不是故乡的原音，也会感到温暖和亲切，常常会忍不住问一声：你是哪里人？

　　虽然不礼貌，但忍不住听到乡音的兴奋，似乎得到肯定回答就像遇到了亲人。

　　对于常年旅居在外的游子，老乡就是亲人，因为他带着故乡的原音，来自故乡，可能还有故乡的消息，尽管这些消息与常年在外的自己几乎没有交集。

乡音，是故乡的名片，也是故乡人在外接头的暗语。

有一次陪着父母在澳门，我和母亲用家乡话边走边聊天，身边忽然走过一位大哥问我：你们是山西大同人？

我告他我是应县人时，他突然兴奋起来：我也是！咱们是老乡！

"老乡见老乡，两眼泪汪汪"，本以为这只是在信息闭塞、交通不发达的从前才有的兴奋原来现在依旧，尤其父亲更是开心得不得了，这是"他乡遇故知"的大喜。

还有一次，我叫了一辆网约车，上车后听到司机带着乡音的普通话，就问他是哪里人，他告诉我是故乡人时，我们开始了愉快的谈话，不想竟然越聊越近乎，他是我同学的哥哥，我们还是校友！

乡音，是一方土地孕育出来的语系，它连接着这方土地有或没有血缘关系的群体。无论走出这方土地时间多久，距离多远，只要听到乡音，你就感觉看到了亲人，回到了故乡，回到了曾经在故乡生活的童年和青春，如果这位老乡正好和你熟识的人有交集，亲切和幸福感会加倍放大。

我在故乡生活的时间不长，五年半。因为不太会说家乡话，所以习惯用普通话作为交流语言。但随着年龄的增长，时间的推移，自认为标准的普通话渐渐多了乡音，逐渐演变成了家乡普通话。

"少小离家老大回，乡音难改鬓毛衰"，再读贺知章，更明白乡音是一个人语言的烙印，这个烙印，是游子对故乡的眷恋和思念，带着乡愁，历经千年，从未改变。

乡音，是生命中的主旋律，不论何时何地，只要见到故乡人，听到故乡话，那首主旋律就会在生命中响起，挥之不去。

第六辑

# 生活随记

　　从来没有想过，自己也会成长为一名"大厨"。

　　2020 年的春节，因为这个叫冠状肺炎的病毒，有了一个长长的假期，有了成为"大厨"的机会。

　　刚结婚时不会做饭，凑合着一日三餐食堂。后来有了女儿，三岁前父母管着，三岁后幼儿园管着，小饭桌管着，学校食堂管着。也曾在节假日周六日大展过厨艺，为了提高厨艺，也曾买过《烹饪大全》，买过烹饪光碟，但似乎总是因为程序错误或者调味不够，难以达到"大厨"口感。

　　记忆里走进厨房的机会很少，倒是住地周边的各个餐馆似乎更有记忆。

　　女儿上大学以后，家里更少开灶，冰箱成了储藏柜，厨房更是一尘不染。

　　没想到一场疫情，无奈走进厨房，还爱上厨房。

　　随便打开手机，就是各种烹饪教材，什么下厨房，学做饭，懒饭，香哈菜谱等软件一应俱全，只要 APP 下载，包你 365 天不重样，拿到食材，只要百度一下，无数种烹饪方法立刻刷屏。

原来，走进厨房如此简单。

开始尝试各种面食，煮面、焖面、炒面，拌汤，烙饼，蒸包子，包饺子。

开始尝试各种烹饪，除了保留以前最擅长的凉拌清蒸水煮，更多了炖，炒，炸，外加红烧，手艺也从最初的缺盐少醋到色香味俱全。

每次看着餐桌上自己的成果，吃着又有了长进的厨艺，满心欢喜。

原来，走进厨房是这么有成就的一件事。

厨房，可以激发想象力。

走进厨房，看着各种食材开始想象他们搭配在一起的颜色和味道，想象着怎样的烹饪才会让今天的他们成为美食，想象着主食辅食提供给今天的营养。于是，食材在想象和创造下越来越配合地成了餐桌美味。

厨房，激发了创造力。

于是，蒸馍变成了花的样子，变成了动物的样子，变成了各种面包的样子，面条有了长的短的粗的细的柳叶状飘带状，各种果蔬单搭混搭可以变幻出春秋的五颜六色。

群里不时有闺蜜发出美食照片，满桌的家乡菜，飘着浓浓的家乡的味道，每次都羡慕她们的手艺，偶尔也会请教一些秘方，虽然知道自己做的肯定不如闺蜜的更有味道，但每次都会为有了新的技能开心。

厨房也就有了浓浓的乡情。所有的想象，所有的创造，都在回味着妈妈的味道，都慢慢变成了家乡的味道。

厨房，不再是食品储藏室，也不再空荡冷清，它开始变得繁忙，时刻飘满了各种味道。

厨房，在油烟和蒸气的迷雾里开始变得温暖，变得快乐，变得幸福。

一日三餐，丰富着生活，健康着生命。

厨房，就这样混合着各种味道和情感占据了居家日子里的大部分时间。

就这样，爱上厨房。

# 窗外

因为冠状病毒，有了在家很长时间的居住，有了和家为友的时间。

站在窗前，窗外建筑鳞次栉比，高低起伏，像一个个巨型的积木盒子，又像林立的水泥森林，在城市间被纵横交错的道路分割成一片片，一块块，寂静地呈现在眼前。

街道上也是寂静的，偶然的车辆或行人走过，成了风景。

忽然发现开始喜欢这种风景。

喜欢这些钢筋水泥垒就的高大、方正、有型的模具，喜欢安装在他们周身像蜂巢一样的玻璃窗。

一直以来，喜欢窗外是草地树林或大海湖泊的景致，喜欢那清新的绿和平静的蓝。

但这个安静的午后，忽然对没有草地和大海的窗外有了另一种喜爱。

午后刮过很强一阵风，把洁白的云朵吹成一缕缕，漂浮在淡蓝的天空之间。钢筋水泥的建筑就在这铺展着云絮的天空下面静默地演绎着生活的故事。

它们最先讲述的是自己的故事。从建筑师的头脑里跳出，展现在勾画的线条里，从勾画的线条里长成，诞生在城市的土地上。

然后，它们开始讲述人间的故事。白天讲述着建筑里的生活故事，夜晚闪烁着温暖的光装点着有故事的生活。

它们从孕育到诞生，其实都在讲述着一个故事，那就是生命的故事，生活的故事。从形状到色彩从位置到用途，其实它们一直是被赋予了使命的，有着生命的。

它们带着自己的使命伫立在城市里，发挥着自己的功能，装点着城市的风景，它们默默聆听着这个城市里所有的声音，见证着这个城市所有的故事。

几十年甚至上千年如一日，不变容颜不负韶华，始终静默地伫立在城市里，坚守着它们的使命，保守着生活的秘密。

才发现，原来这些风景才是生活的风景，才是充满着烟火气息的幸福祥和的风景。

一望无际的大海，一马平川的草原带给生命的是视觉的享受，心情的欢愉，但时间久了，看得多了，你会审美疲劳，会感到孤独和乏味。她只是满足刚刚走出钢筋水泥生活的一剂清新剂。但眼前的风景，却充满了温情，充满了故事，乍看烦躁，再看凌乱，但当你心静如水，热爱生活时，你会发现只有窗外这道风景，可以让你心生温暖，让你思念渴盼，让你能体会到人生百味，享受到生活最本真的滋味。

这是日子里最真实最平凡最温暖最美丽的风景。

# 买菜

周日去超市买菜。

超市蔬菜区摆满了各类鲜嫩的各色蔬菜。

女儿想吃黄瓜。

记得老妈说过，挑选黄瓜要看它头顶的黄花和身上的毛刺，黄花鲜亮毛刺扎手的黄瓜较为新鲜，其次看身材，瘦小苗条的适合做菜，粗大肥硕的适合生吃。

我在黄瓜堆里精心挑选，拿起这条放下那条，每根黄瓜都是那么喜人又总是有所缺点，不是太胖就是太瘦，不是太小就是太老，好半天才挑了两根。有电话响起，是朋友约晚上吃饭。挂掉手机，随便捡起两根黄瓜放进购物车，匆匆向收银台走去。

不禁感慨：世上一切都是有缘的。就如那几根被我选中的黄瓜，那么多黄瓜我独独选中它们？不管精心还是随意，这是我们的缘分。

生活中，人们总是想选最好的，挑呀拣呀，往往最后选中的很多都不是最好的。很多是一不留神或一时倦怠随意得到的。对被选者来说，那是机会，也可谓命运。

其实，一切都是彼此的缘分。

麻将游戏，在中华大地几千年生生不息。

虽然不同的地域有着不同的游戏规则，但游戏的宗旨基本相同。

在断断续续的游戏娱乐中，感悟颇多，于是以此为话题，想聊聊麻将游戏里隐含的人生。

麻将游戏的基本规则为四人组合，东西南北座次，136 张牌，每人手里抓 13 张牌，通过吃牌、碰牌、杠牌等方式，使手中牌局按照规定的牌型条件成牌，最终以和牌为赢家。

牌局中，东南西北的座次方位，常常影响着你的手气。犹如你的出生，很大程度上决定着你所追求的成功的概率。

坐对了位置，你想啥来啥，胡牌的概率大大增加，反之，打啥来啥，即使听口，也常常没有和牌。当然，座次只是存在影响你输赢的概率，但不是决定你输赢的保障。

牌局中，起手牌常常决定了你的输赢。就如人生，要在起跑线就明白自己手里的牌，知道自己的需求和目标。所以，要根据上牌情况掌控手中的牌局，该舍即舍，当断则断。

牌局中，手气和感觉是麻将游戏胜算的大概率。俗话说：三分牌技七分手气。当你顺风顺水时，一定要借势而为，稳扎稳打。该听口时就听口，能成龙时则成龙，清一色，七小对，只要牌局有胡，就趁势而胡。就如人生，一定要把握好时机，借助运势达成目标。

牌局中，也不能盲目相信自己的手气，更不能心存侥幸。要纵观大局，别人出的牌，锅里有的牌就是你调整手里牌局的依据。也如人生，要清醒认识自己，不可盲目自大，要学会知己知彼。

牌局中，碰牌会改变摸牌顺序。如果没有碰牌，彼此遵循顺序摸牌，你的牌序就是你的手气。但牌局不是你一个人的，总有碰牌改变摸牌顺序，你的牌序就会不断被调整，你的手气也可能被改变，这时你必须及时调整手里的牌局。就如人生没有一成不变的顺序，很多因素会因为他人或外界而改变。没有一个人的人生是按规划的顺序来的，所以，要学会随时就势，不断调整、学会改变才有赢得可能。

牌局中，不要随便点炮。只要别人不和牌，你就有胡牌的机会。只要牌局在，就是你的机会。就如人生中的很多时候，只要机会还在，就不要轻易放弃。

牌局中，杠牌给了自己多摸牌的机会，也不要轻易放弃。就如人生，只要有机会，就要做好抓住机会的一切准备。

牌局中，不要轻易吃碰上家的牌，失去摸牌机会。就如人生，顺风顺水时，不要为了一时利益改变整个运势。

牌局中，听口牌也是和牌的关键。多口听牌，单口听牌，对碰听牌，从概率上决定了和牌的可能性。只要牌面有机会，就一定要选择大概率，不可为了和牌而盲目听口。就如人生，要给自己创造多条行走的道路，不可只在独木桥上徘徊。

牌局中，手气不顺时，要用意念和信心增加牌运，要通过碰牌改变牌序从而改变手气。就如人生，低谷时，要用积极的心态和良好的状态寻求改变，走出困境，不可丧失斗志。好运气是积极的心态和良好的状态滋生的果实。

在麻将游戏中，有四不玩之说：无激情不玩（志在必赢、融入牌局）；无精神不玩（精力充沛、头脑清醒）；无闲暇不玩（顾全大局、聚精会神）；无道德不玩（禁止作弊、公平合理）。

这也从另一面折射出人生该有的生命状态：有激情，有精神，有大局，有品德。

网上流传着这样一个段子："爱打麻将的人，都能成大事，因为他们有麻将的精神：随叫随到，从不拖拖拉拉，不在乎工作环境，专心致志，经常反省自己，永不言败，推倒重来，牌好牌坏，都努力往更好的方向去发展，最重要的是，从不嫌弃时间长，还始终抱着赢得心态！"

麻将游戏之所以能在中华大地遍地开花，几千年常开不败，也许正是因为这种"麻将精神"所在吧。

愿喜欢麻将游戏的朋友，在工作、生活中，能够拥有这种"麻将精神"——永不言败，推倒重来。

但也规劝朋友们，万不可沉迷麻将游戏中，毁掉人生的进取精神。

# 逛书店

走进书店。

一壁壁通天的书架，摆满了书籍。

人很少。

轻轻走过一排排书架，浏览着一本本书名，想捕捉到一本自己感兴趣的书，或一条自己喜欢的信息。

在幼儿区，看到那些图案鲜艳的书籍，想起女儿小学时期。那时家住东缉虎营，附近是教育书店，外文书店和新华书店。几乎每周，我们都会用一整天的时间去书店看书，买书。

那时的书店没有休息区。看到想看的又不打算买的书，我们就坐在楼梯台阶的一侧翻阅，周日的大部分时间就这样度过。

在资料区，看到穿着校服的一位女生认真挑选复习资料，想起女儿中学阶段。那时已经搬家，附近没有书店，但一如既往每周都会来一趟书店。有时我陪女儿挑选复习资料，有时女儿陪我找一些专业用书，看到喜欢的书，我们也会坐在楼梯角落浏览翻阅然后选择。

后来，女儿到外地上大学了。但逛书店似乎成了我的生活习惯。每次走进书店，都有一种温馨的感觉。从幼儿读物到文史读物，到学习参考书，到专业类书籍，我每次都要把整个书店浏览一遍，然后再去光顾自己感兴趣的文学区域，管理书籍区域，有需求的生活、旅游、艺术等区域。

看着书店一排排高高的书柜，看着书柜上一列列整齐的书目，脑海中总会闪过太多的记忆。那些记忆似乎带我回到那个曾经的岁月，还有曾经的很多情感，思念和留恋。

我中学读书在县城，学校门前有一个小小的书店，主要以高考复习资料为主，也有一些文学类书籍。那时琼瑶、三毛、金庸、古龙的作品当属流行文学，那时我几乎每两天就会光顾书店一趟，记忆中每两天就要读完一本三毛和琼瑶，每一周就要读完一部金庸。什么《窗外》《烟雨蒙蒙》《几度夕阳红》，什么《雨季不再来》《撒哈拉的故事》《梦里花落知多少》，什么《天龙八部》《神雕侠侣》《笑傲江湖》等。书店老板似乎很照顾我们这些穷学生，总是用最低的价格租赁给我们。

那个书店，那些总是在深夜才能去读的故事留给了我太多青春的记忆。

后来到省城读书，每个周末就跑到市里新华书店看书、买书。从汪国真、席慕蓉，到托尔斯泰、雨果等，逛书店似乎成了我休息时间的一项重要内容。

后来书店有了更多人文情怀，陈列多了艺术感，也体现了服务意识。增添了舒适的阅读区，还有供阅读者学习的桌子，儿童和成人区也有分开，很多书店还配套有咖啡、茶饮区，书店的经营也多元化，商品也丰富化，除了书籍，更多了精致的文化用品、礼品等，书店装修也不再是古板的书架和书的组合，更多了装饰效果，注重了美学效应，从色彩到空间到格局到陈列都充满了现代时尚的美学感，在功能上也体现了商业的多元化。书店，更多了逛得体验。

于是每到一个城市，我必去的地方一定是书店。

苏州的诚品书店，成都的方所书店，南京的先锋书店，西安的钟书阁，以及所在城市的菲菲书屋，在溪书屋等，都是我喜欢的地方。

但每次走进这些书店，心中总是隐隐感觉少了点什么。

喜欢女儿高中时学校门口的那一间间小书店。那是一排临街的平房，因为面积都不大，里面书籍比较拥挤，书柜与书柜之间只能容两人通过。书店门口的架子上摆放着各种杂志，走进里面首先是学习参考书还有一摞摞复习资料和一卷卷试题，再往里的书架上是一些文学类作品，大多是古今名著，当代名人著作，也有一些科幻类史学类书籍，书店里总是散发着淡淡的墨香，从书架上也总是能找到一两本喜欢的书籍。后来因为城市改造，平房全部被拆除，书店也就成了记忆。

这份记忆，总会在我走进这些功能多元化，装修个性化的书店时开启。

现在，获得信息的渠道多了，购书看书的渠道也多了，但我还是喜欢走进书店，在那高大的货架上，浏览那一排排整齐的书目，心中念过每一个书名。偶有哪个书名撞击了我，或哪个熟悉作家勾起记忆，就会带着欢喜打开微信支付成功。

曾经钟情于管理类书籍，喜欢成功人士传记，后来因为工作需要也会购一些专业类书籍，随着年龄渐长，开始翻阅文史宗教类书籍，但古今中外名著，文化名人著作如小说、散文等一直是我逛书店的偏爱。

有时也会为了旅游去寻找一本旅游指南，为了烹饪买一本烹饪大全，为了刚萌芽的音乐绘画学习买一堆入门之类的书籍，甚至看到喜欢的电视剧，也会买本原著。

在我有限的知识领域和逐渐缩小的视线里，书店，不仅仅带给我关于记忆的太多情感，也会带给我更多关于新知识的欣喜，带着我的思想和眼光走向更远的地方。

喜欢走进书店，静静浏览书目的感觉，喜欢看到熟悉的作者名字时，偶然闪过记忆的那种时光瞬间倒流的感觉，喜欢在新书的名字里，发现和获取之后欢喜的感觉，喜欢在散着墨香的文字里，阅读历史或未来的感觉。

这种感觉于我，是生活最美的享受，这种享受于生命，富足而珍贵。

"草长莺飞二月天，拂堤杨柳醉春烟。"春风吹过的大地，迎来了人间最美的春天。大地生机勃勃，万物拔节生长，百花争相绽放。

春天，是大自然能量回转之时，也是我们调和自己的身心与自然同频之季。

于是，这个春天，和书店相约，在书海中，寻找和春天同频的生命能量。

走进西西弗，是一个周末的下午。这是早春时节，气温乍暖还寒。天气阴霾着，正在酝酿一场雨雪。书店里顾客很少，灯光打在书架上，温暖而明亮。于是，一杯咖啡，一块甜点，一本梁实秋的《闲暇处才是生活》，度过了四个小时的温暖时光。朋友电话进来，才知外面已是雨雪交加。

初春的雨雪给了春天的生命成长的滋养，和西西弗的相约，给了我阴霾日子里温暖和明亮。

走进钟书阁，是一个春光明媚的日子。从城市的公园散步之后，被春天的蓬勃气息感动，于是走进书店，想在书中寻找一份春天的气息。很快，《发现瑰丽的植物》《发现最美的昆虫》映入眼帘。这是两本科普类读物，以图片为主，介绍了不同国家不同的动物和植物。

在书店选书，常常和当时的心情有关。

在这样闲适的心情下，梁实秋的散文《简单 安静 从容》和季羡林的《无问西东》伴了我整整一个下午。

走进在溪书屋，是一个黄昏。回家路上途经那个曾经光顾的书店，忽然想进去。书店还是那个样子，只是书架上似乎书比以前少了。忽然看到豆豆的《遥远的救世主》，把记忆拉回到那段似乎已经很遥远的时光。那年我外派西安工作，一个人在酒店里，是豆豆的这本著作和其改编之后的连续剧伴我度过了那段独居异地的寂寞时光。

很多时候，阅读就是我生命的朋友，陪伴我走过生命中无数个开心或不开心的日子，然后默默躲藏于我的记忆里，默默为我积聚着生命的能量。

走进尔雅书店，是飘着细雨的午后。虽然书店离公司很近，但一直不太喜欢他它布局，总感觉杂乱无章。但这个春天走进时，却让我耳目一新。店面重新装修过，多了读书区，更多了我喜欢的咖啡茶品区。店面陈设也整齐大气，棕色的实木书架上，书目分类清晰，品类齐全，我看到了许多本喜欢的书籍。

取一本《花与树的人文之旅》，坐在读书区。从文字中，静静感受作者周文翰从另一个角度写出的花草树木之美。就如这个春天，我不再去强烈地想走出城市去旅行，而是和书店相约了春天的旅行，在书海里我看到了另一个春天的美，感受到了另一种生命的力量。

新华书店一直是我的最爱。因为书目种类齐全，光是我喜欢的散文类书籍就摆满了几个书架。站在书架旁，挑选你喜欢的想看的散文随便翻翻，就是几个小时。汪曾祺的《人间草木》，丰子恺的《简单甚好》，沈从文的《懂得的就值得》等，作品从无名作者到知名大家应有尽有，每次走进总有一种意犹未尽的感慨。

以前住的地方离新华书店很近，几乎每周光顾一次，现在离得远了，走进的次数也少了。但他像我的一位旧友，虽不常联系，但一直在心里惦记。这个春天，专程跑来和她约会，熟悉的环境，熟悉的布局，熟悉的气味，我沉浸于此，不舍离去。

这个春天，和书店相约，在书海中找到了和春天同频的生命能量。这种能量，起源于阅读，赋能于精神。

生命在这种能量的滋养下，学会了在纷扰杂乱的生活中，安静平和地走进春天，去欣赏春天的成长和绽放。

# 女人的衣柜

　　每到换季时节，总有购物的冲动，于是商场店铺淘宝唯品，总要下手几件。

　　每到一个店铺，目光总会锁在自己喜欢的样式喜欢的色彩上，似乎几十年不变。于是，灰黑白藏青，除了长短薄厚区别，似乎没有什么新意，但毕竟是新的衣服，于是欢喜回家，欲望满足。

　　回到家，打开衣柜，发现原来孪生的很多，除了款式略有差别，除了是新衣服，没有任何新意，于是，感觉去年那件仍旧最爱，前年那件也还喜欢。

　　衣服对于女人，就像皇帝于嫔妃，每天出门时在衣帽间选来选去，最后上身的仍旧是那几件习惯的喜欢的随身的舒服的，很多衣服买时欢欢喜喜，买后束之高阁，很多时尚的昂贵的衣服往往只穿过一次，就被打入冷宫，弃之可惜，穿之不喜。

　　当时为什么买？冲动吧，当时喜欢她的艳丽、时尚，想着特定的场合穿着肯定艳压群芳，但那个场合一直没有遇到。

　　当时为什么买？喜欢吧，当时穿着身材修长，气质大方，满足了女人对美的无限遐想，回家后才发现原来那天逛街少吃了一顿，其实身材气质还是原样。

当时为什么买？被忽悠吧，那个美女导购从你进门起，就围着你姐长姐短亲切无比，似乎火眼金睛，一看就知道你喜欢哪种颜色，适合哪类风格，于是拿出一套套一件件衣服让你试穿，不厌其烦，也是怪了，你瞬间有自己是模特的感觉，哪件衣服都适合，哪件衣服都好看，似乎不买，对不起美女导购的热情服务，对不起自己模特般的身材，于是，衣柜里又多了新的衣服。

当时为什么买？贪图打折便宜吧，原来看好的价格现在五折七折九折，各类活动如周年庆、情人节、妇女节，甚至你的生日月都是你的购物节。信息电话广告诱惑你空手走进去，欢喜带出来。

其实，女人买衣服，根本没有理由，唯一的理由就是想买。只要买了，衣柜里有了新的，就获得了无限满足，那些旧的也就开始被主人青睐。

旧有旧的优势，毕竟也曾是主人满心欢喜带回来的，毕竟也伴随主人走过一个季节，虽然可能只被主人关注过几次，但比起同时跟随主人回家的姐妹已经幸运多了，有的姐妹至今还没有被打开过包装。

有人说女人的衣柜永远少一件衣服。其实，女人的衣柜，就是为了买而存在。

有了淘宝唯品，没有了时间和空间限制，满屏的花花绿绿，价格便宜，款式新颖，直看到眼花缭乱，只感觉哪件都不赖。再来个双十一、双十二，只感觉自己就是衣服的皇帝，不想登基都不成。

于是，女人的衣柜变得越来越小。

丢弃过，捐赠过，淘汰过，但似乎所有的速度都比不上新品入柜的速度，所有的手段都扛不住购买的理由。

女人的衣柜，因了女人的激情、冲动和欲望，变得丰富多彩，满满当当。

其实，女人买衣服，是对生命的热爱，是对生活的热爱，这些爱，溢满了女人的衣柜。

女人买衣服，是对美的不懈追求，是对幸福的无比自信。

这样的追求和自信，让女人的人生精彩纷呈。

# 只此清香

"借问酒家何处有，牧童遥指杏花村。"

借着诗人杜牧笔下牧童的指引，在杏花盛开的季节，走进杏花村。

酒的清香在洒满阳光的牧童南路阵阵飘来。

未曾饮，人已醉，只此清香。

走进汾酒博物馆，那一段段记载着汾酒历史的文字里散发着清香，那一件件凝结着历史印记的器皿上散发着清香，那一条条产品酿造工艺展示线散发着清香，那一幅幅爱酒人挥毫的书画中散发着清香，那一尊尊闪着光泽的奖杯散发着清香，那一张张书写着荣誉的证书散发着清香……

只此清香，绵延千年，回味千年：

仰韶文化时期，杏花村的先民们第一次把蒸熟的谷物放进小口尖底瓮，酿造出中华大地第一缕清香；

商周时期，酒曲酿酒技术被发明和应用，酒成了祭祀、国宴必需品，《礼记》《汉书》等诸多史料均可见杏花村的印记，悠久的华夏文化史册中飘散着杏花酒的清香；

《北齐书》中武成帝高湛"吾饮汾清两杯，劝汝于邺酌两杯"的文

141

字，记载了汾酒成名 1500 年历史的清香；

蒸馏取酒技术 1200 年的历史，印证于隋唐时期汾州"干和酒"的清香；

1915 年在巴拿马万国博览会上荣获最高奖——甲等大奖状的，只此清香。

爱酒人说：杏花汾酒入口绵落，清亮醇正，清香无尽。

这汾清香，我国著名的微生物和发酵专家方心芳先生归结为"七大秘诀"："人必得其精，水必得其甘，曲必得其时，高粱必得其真实，陶具必得其洁，火必得其缓，清蒸二次清。"

这股清香，来源于优质的高粱原料，优质的大麦、豌豆制成的糖化发酵剂，优质的地下井水，也来源于经验丰富、聪明智慧的酿酒师傅，酒曲的封藏和开取时间节点，更来源于"清蒸二次清"的独特工艺，"固态地缸分离发酵，清字当头，一清到底"的工艺传承。

汾酒的清香，陈酿千年，沉淀千年。

从酎酒到兹氏酒到清酒，从桑落酒、汾清酒到干和酒，到今天的老白汾、白玉汾、玫瑰汾和青花汾，杏花汾酒的名称随着朝代更替而不断变化，时间见证了它在朝代更迭中成长的轨迹，时间也在历史的风云变化中留存了它永恒的清香。

很多时候，这汾清香，不只停留于酒具，也不再只是商品，它更多地会被称为文化，大到书写一个民族的发展史，小到可以抒发文人墨客的情怀，连接寻常百姓的友谊。

从李白"唯愿当歌对酒时，月光长照金樽里"的感怀，王维"劝君更尽一杯酒，西出阳关无故人"的情谊，白居易"绿蚁新醅酒，红泥小火炉"的温暖，宋祁"为君持酒劝斜阳，且向花间留晚照"的浪漫，到吴晗"汾酒世所珍，芳香扑鼻闻"，李国文"宝泉千尺酿琼浆，杏花汾酒千里香"的赞誉，梁衡"竹酒半杯，饮罢三月香犹存"，王充闾"三杯通道且怡神，极品真堪早入唇"的陶醉，这些浸润在文字里的酒香，在漫长的岁月里酝酿芬芳，一次次从鼻翼间飘过，悠长绵柔，源源不绝，只此清香。

世界读书日到了。

在人间最美的四月天，静坐窗边，捧读一书，在空气的花香中在文字的墨香里感受阅读的快乐。

阅读于生命，是闲暇时最美好的时光。

正是深爱这种时光，在香港也会走进图书馆，感受阅读的快乐。

图书馆位于石塘咀市政大厦三层，距离酒店只有几分钟路程。到香港的第二天女儿就带我走进图书馆，她原本想告诉我她在香港的生活很丰富，市政大厦提供给周边居民丰富的业余生活：有图书馆、自习室、体育馆，还有熟食餐厅，没想到我竟成了图书馆的常客。

图书馆在大楼三层。走出电梯从左边入口处走进去，首先看到的是一张书桌和一只单排书架。书桌上放着免洗消毒洗手液，还有一台自助图书消毒机。单排书架上摆放着新到的还没有上架的书目，入口右侧是办理图书借阅的服务台。

图书区域分为儿童区，外语书籍区和中文书籍区，还有音像区，报刊架和杂志架。

阅读区空间较为宽敞，除了配有方便市民阅读的桌椅外，靠墙处还配置了可供休息的蓝色座椅。

中文区图书品类丰富，分类清晰，有哲学总论、宗教总论，有自然科学、应用科学、社会科学，有中国史地、世界史地，有语言学文学、中文小说等。

书架上书目也非常齐全，关于心理学社会学，关于命理风水、面相八卦，关于香港历史、世界旅游，关于生活健康等应有尽有，在小说区张爱玲的书目较多，占据了两格书架，还看到了亦舒的不少作品，更亲切的是还看到了王旭峰的《茶园三部曲》。

走进香港的图书馆，查阅有关香港的书籍肯定是首选。

翻阅顾汝德的《富中之贫—— 香港社会矛盾的根源》，从香港政治、福利、底层收入、住房医疗等论述中了解香港社会隐藏的贫穷和危机，以及由此存在的社会矛盾根源；翻阅《文明的力量》，看到了中华文明对世界的影响；翻阅《消失的香港——手绘本》，从作者手绘的众多图例中看到了香港的老街老店，看到了香港人对这些店铺的温暖回忆。

为了更多地了解香港，还翻阅了《寻回香港文化》《触景生情——几代香港人的生活记忆》《藏在地图里的香港》《香港的第一》等有关香港的众多书籍，也翻阅了近期的《香港文学》《城市文艺》杂志，通过阅读，让原本陌生的香港在脑海里变得熟悉了，亲切了，丰富了，立体了，多元了。

香港是个包容的城市，从图书馆的书目中可以看到。各类宗教文化的书籍都有，尤其关于风水算命的书籍更是齐全。

在香港图书馆，读书的市民很多。无论平时还是周日，图书馆里总是坐满了市民，有一回还看到一位坐着轮椅走进图书馆的白发老人。人们大多在翻阅报刊或期刊，也有人在音像区听读，或捧着厚厚的书籍在阅读。

图书馆总是很安静，偶尔传来老人的咳嗽声。

有一次，在翻阅图书的过程中，抬头看到阅读区坐满了低头阅读的市民，心中一阵感慨：多少年了，没有看到过这样的情景。

世界读书日到了，写下这些文字，愿阅读能够走进我们的日常生活，无论春夏秋冬，都带给生命不一样的快乐。

# 仰望星空

多久了，没有仰望过星空？

冬月十五刚过，月亮满圆，月光皎洁，星星在深邃的天空中闪烁。

站在城市郊外的屋顶上，风，清冷寒凉；月，清澈明亮；星，清晰可见。天边隐现的红色，静静地融入远处橙黄的灯光之中……

凌晨五点的城市，还没有苏醒。

很久了，没有仰望星空。

城市夜晚的星空总是被炫目的霓虹灯遮掩，黎明的星空常常在嘈杂的汽笛声中错过。

想起在尧王台的山顶，在北红村的农家，在呼伦贝尔草原，在撒哈拉沙漠，在苍山脚下……无数次仰望星空，遥看那无垠的深邃浩瀚，闪烁着光泽的点点繁星，仰望满月下的云淡风轻，玉兔摇动桂花的悠悠光影。

想起曾经仰望星空，努力指认北斗星、织女星、天王星、海王星的情景，也曾仰望星空，试图找寻白羊座、金牛座、双子座、水瓶座的心愿。

想起曾经仰望星空，遐想女娲补天、后羿射日、嫦娥奔月的神话。

也曾仰望星空，好奇悟空腾云驾雾、往来天宫的自由，对那个遥远的世界充满了幻想。

想起曾经拿着凡·高的《星月夜》图片仰望星空，对比他笔下那飞卷的云朵、飞旋着光芒的星和月，想寻找他创作的灵感来源，尝试着领悟他的情感表达。


很多从来不曾想起过的往事，在这个冬月的凌晨，在仰望星空的瞬间，像童话故事里被唤醒的精灵，从遥远处飞来，又很快飞远。

仰望星空，成了记忆的回放。

太久了，没有仰望星空。

再次抬头，已是冬月。

天空，悠远深邃，月光，皎洁如水，星星，闪烁着明亮。

天边渐渐挂满了红晕，天色微微见亮，刚刚解除静默的城市，开始慢慢苏醒。目光所及的高楼上有灯光渐次开启，想必是早起的学生，也或许是赶工的成人，远处的城市还沉浸在睡梦中，眼前的楼宇已被渐次亮起的温暖包围。

三年疫情，习惯了静默，习惯了在静默中走过每一个日子，习惯了生活在日子之间更迭，忘记了还有日月星辰。

再次想起凡·高的《星月夜》，他的星空，不仅是色彩的涂抹，还是梦想的勾勒。

才明白，仰望星空，不只是感知日月星辰。

最喜欢的事情就是散步。

之所以喜欢散步，源于它不是竞技项目，没有规则和标准，不需要体能和技术，不需要特定的场地和器械，也没有特定的要求，而是作为一种休息方式，可以随时随地随心随性地去随便走走，还可以修心养性，强身健体。

散步，词语解释为"随意闲行"，似乎印证了这一特点：任何地方任何时间只要你想，就可以散步，不受时间限制，早上晚上阴天雨天只要你想；不受地点限制，城市乡村街道园林只要有路；没有人数限制，独自结伴三五好友只要愿意。

想起朱自清先生《荷塘月色》中的一段话："路上只我一个人，背着手踱着。这一片天地好像是我的；我也像超出了平常的自己，到了另一世界里。我爱热闹，也爱冷静；爱群居，也爱独处。像今晚上，一个人在这苍茫的月下，什么都可以想，什么都可以不想，便觉是个自由的人。白天里一定要做的事，一定要说的话，现在都可不理。"

这段话进一步诠释了散步的特点。

宗白华先生在《美学散步》中对于散步有这样的文字："散步是自由自在，无拘无束的行动，它的弱点是没有计划，没有系统。看重逻辑统一性的人会轻视它，讨厌它，但是西方建立逻辑学派的大师亚里士多德的学派却唤作散步学派，可见散步和逻辑并不是不相容的。庄子，他好像整天在山野里散步……散步的时候，可以偶尔在路旁折到一枝鲜花，也可以在路上拾起别人弃之不顾的石头，无论鲜花或燕石，不必珍视，也不必丢掉，放在桌上，可以做散步以后的回念。"

读这段文字的时候，脑海中出现了"生命散步"四个字。如果说《美学散步》是让我们在轻松的状态下完成美的认知，那么生命散步一定是在美学散步的基础上愉悦地享受生命的美好。

写这段文字的瞬间，脑海中涌现出无数关于散步的记忆，有校园的，有海边的，有山间的，有田野的，有故乡的，有异国的……好像久违的老友，带着曾经感动在心底的温暖和感慨于生命的美好，纷纷从眼前走过。

散步，于生命来说，首先是一种简单、经济、有效的运动方式。1992 年国际健身与大众体育协会倡议发起每年的 9 月 29 日为"世界散步日"，可见散步对于生命健康的意义。

其次，散步又可视为生命中一种自由轻松无拘的状态。庄子曾说："天地与我并生，而万物与我为一。"这种"天人合一"的和谐，唯有在散步中最能体现，可见散步对于生命幸福的意义。

在生命的散步中，你可以随时因为天地间的一片落叶、一首音乐、一处美景、一只鸟虫驻足、一道彩虹、一阵清风、一场落雪、一弯明月遐想，也可以因为生命里的一个梦想、一种使命、一个承诺、一种信仰而踏上旅程，一段往事、一种经历、一个故事、一种生活而回归初始。

无论怎样，在人生的每一段路程上，用散步的心态，看每一处花开的生活，捡拾每一瞬间的思想，放在你生命的记忆架上，当某一天回望，会发现，生命在散步的日子里有着太多的闲适和美丽。

所住区域因阳性病例增加再一次静默。

冬日的阳光，越过城市此起彼伏的高楼，穿过笼罩在城市上空的雾霾，透过宽大的玻璃窗，照在茶桌上，照在我刚刚合上的这本有着海洋蓝色封面的《行走的书话》。

读着沈胜衣先生的文字，和他一起走进各地书店，在浏览、翻阅、购买的过程中，想到自己诸多相同的经历和心路，颇为感慨。

想起今年夏天和侄女出去旅行，偶遇的大同云冈书房、苏州的琴川书店，想到自己和书的缘分，不觉提笔，以此就当这个夏天旅行的记忆吧。

云岗书房坐落在大同云冈旅游景区，四面均以落地玻璃为窗，所以书店透明敞亮。书店装修风格以原木色为主，简约淡雅，书目不多，夹杂着一些文创商品，但品类清晰，陈列清新脱俗，部分陈列区域还有插花点缀。玻璃窗边是可以读书的长条桌椅，中央是咖啡和饮品售卖区。整个书房布局新颖，浪漫之间传递着书香，书香之余渗透着品位。

透过洁净的玻璃窗，书房外，葳蕤的绿意摇晃着夏日的阳光，书房内，空调的冷气传输着甜甜的花香，偶尔飘过的咖啡香气带着阳光的味道，在书目之间散开，给了我强烈的购买冲动和欲望。于是购得《显微镜下的古人生活》一书，还特意加盖了云岗书店的印章。

偶遇这样一间充满浪漫格调，溢满书香、花香和咖啡香气的书店，是我云岗之行意外的惊喜。

在苏州三塘街景区，遇到"琴川书店"更值得记忆。

从苏州回来，一直就想写一篇以书缘为题的文字，但由于种种原因迟迟未能执笔，今日在阅读沈胜衣先生的文字时，又想起那间位于三塘街古戏台旁边的二层小楼。

我有个习惯，就是在景区找寻书店，这次走进三塘街也不例外。

当景区的灯光渐次亮起时，正好路过游船码头对面的山塘古戏台旁，猛然抬头，看见了琴川书店。

走进去，一楼摆放着一些旅游纪念品，正困惑时，一位小姐姐告诉我书店在二楼。

踩着木质楼梯走上二楼，是一个狭长的空间，空间的一面墙上摆满了书籍，以古典文学、国学、艺术等书籍为主，另一面全是木制的格栅窗，站在窗边，可以看到三塘街闪烁的霓虹灯和往来的人流，别有江南风情。

正当我在书架上浏览时，坐在书店里面的一位男士走到我跟前："请问想要哪方面的书？"

我不假思索地回答："关于苏州的文化历史。"

男士笑了笑："你找对地方了。"

于是他开始给我介绍书架上的书目，介绍苏州的作家。在书店最里面的书架上，我看到了更多关于苏州文化、历史方面的书籍，还有拓印、画谱、地图、抄本等，还有一些线装版的古旧书籍。

最后，我买了陆文夫先生一本装帧别致的《美食家》。

购书后，和男士闲聊得知他就是书店老板，名叫李彪，也是一个爱书人，还是藏书人。他给我看了一些他的藏书，还讲述了一些关于"琴川书店"的历史。"琴川书店"虽没有现代书店的琳琅满目，也几乎没有装修，但它以最质朴的存在散发出最浓郁的书香，加上店主对苏州文化的挚爱和坚守，给我留下了深刻的印象。

临别时，店主看着我留给他的名字，幽默地打趣道："名字带书，书缘不浅啊！"

今日因了沈胜衣先生文字的启发，断断续续记录下今年夏天旅行途中的购书经历，且以书缘为题，一是作为旅行记忆，二是感谢生命里这份不浅的书缘。

# 第七辑 旅行的足迹

# 杂谈磨灭之美

"沧桑是美，凋敝是美，破灭也是美，磨灭，就是将时间的残酷化为艺术。"

这句话出自日本知名比较文学学者、电影研究者、随笔作家、诗人四方田犬彦的《摩灭之赋》。

也是巧合，近日在读《摩灭之赋》期间，朋友带我来到晋源区一个叫作店头的古村落。这是一个真正意义上的古村落，没有开发，整个村落整体搬迁之后原样留存在这片土地上。据介绍，村落始建于公元979年前，之前为晋阳古城西大门的一处军事堡垒、屯兵之地。太平兴国四年，随晋阳城被毁失去军事作用，随后成为店头村落。也有说这处军事关隘源于战国初，迄今有2500年历史。

我无意考究村落的历史成因，只是面对眼前的沧桑想谈谈磨灭之美。

走在长满荒草的小径，登上已没有棱角的石头台阶，推开挂着铁环的院门，走进昏暗落满尘土的窑洞，看着那裸露黄泥的土炕，那斑驳的墙面，那残留着煤灰的灶台，那挂满尘土和蜘蛛网络的腐木窗框，还有安静地躺在角落里的木质风箱，此时，我会想象这家主人的生活状态，我似乎看到了他们耕织劳作的场景，看到了炊烟在黄昏缭绕屋舍的场景，看到了灶台边蒸馍出笼孩子欢快的场景。

我相信，不管什么年代，在这样的屋舍里一定是这样的弥漫着生活气息的场景。

此时，我也会想起近日聆听的《细说中国历史》，里面讲到的夏商、西周生活场景，和眼前这些场景如此相似，难道真是 3000 年前的延续？

这些场景也让我感受到了，四方田犬彦眼中的那种被时间磨灭之后的沧桑的、残缺的甚至破败的美所形成的艺术。

这种美，也许不是来自事物本身，而是能激发思维对曾经听到过看到过经历过的一种现象或场景的遐想或回忆。

所以当朋友告诉我，区政府正在招商改造古村落时，心底一阵莫名的怅然。

我不能想象，如果眼前是一个全新的旧村落，经过修复之后的这些院落这些道路这些场景，是否还会激发我诸多遐想？是否会让我想起听过的那段历史、读过的那些文字？

孤立在村中那座寂寞的戏台，那面色彩斑斓的背景墙是否还能让我想到台上那个唱腔委婉、挥袖转身的女子？茂密在枝头的那株千年古树，那借助外力支撑起的苍老树干是否能让我想到农闲聚集树下的欢声笑语？还有那快被杂草淹没的石头碾磨，是否让我想到村落过去的繁忙从而感慨岁月的匆忙？

修建之后的古村落，我也许会看到更多景点、听到更多故事，但这些景点和故事，也许只是来自年轻导游惯性的重复。

这座承载历史，底蕴厚重的古村落届时也将沦落为一座只是有着历史故事的新的村落。

正如在风雨中飘零的祖宅，虽然已完全失去了居住的功能，但透过它残缺的门窗，倒塌的墙壁，屋内的一瓢一碗，屋外的一草一木，都能打开你记忆的大门。而重建也好，修复也罢，就如删除了记忆的修复功能，再也难以还原记忆里那份纯粹和本真。

那倒塌的矮墙，那腐朽的门窗，承载的是岁月的记忆。对于有记忆的东西，重建等于对记忆的强迫再生，修复等于对记忆的有序改变。

而对于那些没有记忆的东西，任由故事重复讲述，但终究失去的是历史的真实记忆。

美，有很多种，艳丽张扬的美，低调含蓄的美，奢华富贵的美，沧桑空旷的美，孤独寂寞的美，破损残缺的美……

所有的美，在特定的环境中，随着视野、角度、心境、审美等诸多因素影响，会有着不同的解读。

若干年前，我站在圆明园的废墟上，那些横亘脚下的断壁残垣，那些清晰可见的浮雕花饰，那些依然挺立的拱门石柱，让我看到了一种美，一种透着沧桑的残缺的美，一种凝聚力量的厚重的美，一种被岁月浸染的深沉的美。

圆明园的每一块砖瓦，都是一段记忆，它可以让你看到历史，从而铭记历史。

所以当我在一篇报道中看到有专家建议重建一座圆明园时，我不知道当那么一天真正来临，我会不会再去走进，走近后会看到怎样的一种美，会想起怎样的历史？

一直喜欢苍凉、孤独、简单的美，也喜欢那种沧桑、残缺、厚重的美。这样的美，可以牵引记忆，能够触及心灵；这样的美，可以构筑遐想，能够建立思考；这样的美，可以探寻历史，能够铭记使命。

于是，在以后的很多旅程中，我开始留意这种美。

横亘荒山的废弃长城，残留野岭的烽火楼台，被大漠湮灭的古老王国，被杂草覆盖的深宅院落，还有那些消亡于战火、毁损于暴力、磨灭于岁月而残存的遗址、古迹。

每到一处景点，我总会在景点之中寻找历史的痕迹，那些痕迹是留在一砖一瓦里，留在残壁断垣中，留在草丛沙砾下，而不仅仅是导游的故事里。

那日在皇城相府看到规模宏大的建筑群，我问导游："修缮以前的它用作什么？"导游告诉我，修缮前很多房屋被老百姓分割成不同的住房占据着，我眼前浮现出房间里堆砌的生活用具锅碗瓢盆，墙壁上糊着的报纸，窗棂上挂着的干菜……

历史很多时候就这样在生活的困顿中，在盲目无知中被人为地有意无意破坏了。而之后我们斥资修补，甚至原址重建。

很多景点几乎看不到原来的痕迹，只是为了一个城市的效益在旧址上讲了一个历史故事，而这个故事还是导游背诵的教课课程。

而真正的历史，应该留存于那些残垣断壁、黄土瓦砾之间，留存于被岁月磨灭的痕迹之间。

"把岁月痕迹当作一种美来鉴赏。"

也许只有这时，我们才能真正学会保护历史，从而铭记历史，也才能真正欣赏了那种被岁月磨灭的美。

因参加同学孩子婚礼而走进岢岚大山。

汽车驶进深山在一处平坦开阔的地面停下。

凉爽的山风拂面而来，顿时吹散了盛夏的燥热。山峰高高低低，远远近近，被葱郁茂密的松林覆盖得严严实实。下午的阳光落在远山顶上，光线耀眼而明亮。山坡上浓郁的墨色顺着光亮倾泻而下，淹没了整个山谷。

谷底是一条清澈的溪水，在碎石和草坪间缠绵而过。沿着牛羊踩过的印迹从谷底走向山坡，脚下是绵软的散发着自然芳香的枯叶，身边是摇曳的青青野草，红黄蓝紫各色野花在青草间肆意绽放着。

野草莓像红色的珍珠闪烁在草丛中，各种形状各种颜色的蘑菇在草丛里、树根下，安静地舒展着柔嫩的身躯，脱落的松球轻轻匍匐在草叶上。

花的味道草的味道阳光的味道，诱惑着嗅觉，风的声音水的声音空气的声音，美妙着听觉。

这是一种最纯粹的感觉。

置身在这天然而成的山水画之间，看到的，听到的，闻到的，一切纯粹而自然，简单而真实。

同学说这里即将被规划为旅游景区，心里划过些许失落。

也许多少年之后，它会成为 A 级景区，被人为地赋予许多亭台楼阁，会产生许多故事和传说，但我相信，如果有那么一天，故地重游，绝不会有现在的感觉。

走过许多地方，看过很多风景，留在记忆里的，总是那些简单的、纯粹的、原生态的、能散发出各种自然色泽和天然气息的景致。

有如生命走过许多年之后，最让生命留恋的，总是那些珍贵的、纯洁的、真诚的、能在岁月里坚守能在浮华中不变的情感和友谊。

不知再过若干年，记忆中还会留下多少这样原生态的风景？

也许，只有纯粹，真实，简单，自然，才会留给生命最美好的感动和记忆。

一、地下宫殿

在古代有限的科学知识里，神灵是宇宙中无限能量、无限权力的承载者，他们可以满足统治者对权力、财富的无限欲望，满足他们生命和灵魂永存的梦想，所以他们把自己比喻成神的化身，修建神庙来彰显自己的权威，修建陵墓来保存自己的灵魂，用自己和神的结合体来守护他们尊贵的生命，以期待某一天的重生。

流经埃及的尼罗河西岸，是埃及法老们为自己修建来世的主要地段。在埃及有这样的说法：尼罗河东岸，太阳升起的地方是生命的住处，西岸，太阳落下的地方是亡灵的住所。

尼罗河在生命和亡灵之间由南向北，从远古走来。

尼罗河西岸那些椎体形状的被称作"金字塔"的建筑，有 80 多座，现存留下来的最高最大的是胡夫金字塔（第四王朝第二个国王胡夫的陵墓），还有卡夫拉金字塔和孟卡拉金字塔。

胡夫金字塔，高 147 米，建于公元前 2690 年左右，由 230 万块石灰石和花岗岩堆叠而成，中间没有任何粘合材料。经过几千年的风化，巨石虽有斑驳，但那一块块层层叠加，直耸云霄的巨石，在东南西北的四维空间里，仍垒砌着威严和雄壮。

胡夫金字塔西南 350 米处，是狮身人面像，像高 21 米，长 57 米，她伸着长长的双爪，昂首眺望着远方，面部是古埃及第四王朝法老卡夫拉的脸型，身体是古埃及象征力量的狮身。

据导游讲：在夏至日站在狮身人面像前，能看到太阳在卡夫拉金字塔和胡夫金字塔之间落下。这种现象在象形文字中被描述为"地平线"。

法老们相信生命有轮回和重生，就如他们所崇拜的太阳神一样，落下还会升起，所以他们相信能被阳光普照的灵魂一定会被太阳神叫醒。

为了免遭陵墓被盗，到古埃及新王朝时期，法老们在尼罗河西岸一处荒无人烟的石灰岩峡谷中，沿峭壁深处开凿墓室，就是现在的帝王谷。

法老们在帝王谷修建了大大小小 60 座墓穴（已发现），他们从登基起就开始修建自己的墓室，退位后停建，所以每个法老的墓室大小不一。开凿墓室的工具就是简单的斧锤。

墓室大多修建在山体下百米深处，在墓室造好后，工匠们把室内墙体磨平，用天然的材料绘上精美的壁画。在保存完好的陵墓里，墓道两边的壁画色彩艳丽，图案生动，有法老对生命永恒的憧憬，有古埃及象形文字记录的生活，有他们崇拜的象征权力和财富的各类图腾如老鹰、狐狼、蛇等，叹为观止。

墓道尽头是放置棺木的位置，从墓道到棺木会有防盗的机关设置。在电影《木乃伊》中，就有这样的场景。

埃及法老热衷未知的世界，他们崇尚生命的永恒，所以倾其一生不惜重金修建自己的坟墓。

在埃及，现世的建筑远远不如死后的墓地壮观宏伟。尼罗河东岸沿途所见屋舍破旧不堪，首都开罗也不例外，建筑凌乱，尘土飞扬，垃圾满地。

也许古埃及法老们早已预知埃及的命运：不断被殖民，不断有战争，尼罗河赋予他们的礼物在工业化进程中失去优势，国土96%的沙漠面积注定了他们的贫瘠，所以他们才倾其当时的财力物力为现在的埃及留下诸多宝贵遗产。

几千年后，世人因为这些宝贵遗产而追寻埃及，埃及因了这些世界遗产不断地证明着：在人类早期历史中，他们曾是世上当之无愧的霸主，是人类文明的巅峰。

二、神庙崇拜

从埃及回来，我查了大量关于埃及古今的资料，看了多部关于埃及题材的电影，终于下笔，写下此行埃及的相关文字。

埃及拥有世界上最长的河流——尼罗河，世界上最大的沙漠——撒哈拉沙漠，世界上最年轻的海洋——红海，世界上最古老的内陆湖——地中海，世界上最大的人工湖——纳赛尔湖。

埃及地处尼罗河下游，因为尼罗河的泛滥，大量河水带着肥沃的淤泥流向下游，埃及大部分土地为平缓的沙漠，使流下的河水蔓延成宽广的农田，埃及气候温暖，农作物四季生长，这一得天独厚的自然条件，馈赠了农耕时期的古埃及丰厚的礼物，从而使得古埃及成为地球上最古老的国家，也是曾经最富有的国家。

公元前5100年前，古埃及就建立了自己的王朝，成为地球上最早的国家，创建了人类史上最早的数学和几何学，是人类最早使用专用书写工具芦苇笔和莎草纸的国家。它在天文、医学、建筑、艺术、地理等领域的成就也领先于其他古国。

他们曾经称雄天下，富甲一方，也许正是因为他们曾经的富庶和强大，埃及的法老们似乎更热衷于修建神庙，借助神灵来彰显自己至高无上的地位和无人能及的财富。

公元前1300年前，古埃及新国王第十九王朝拉美西斯二世在尼罗河畔的山崖上，为自己和爱妻修建了现在的阿布辛贝神庙。神庙殿外是拉美西斯二世神像，高20米，身宽体厚，端正而坐，威武庄严，俯瞰着纳赛尔湖，凛然霸气，称雄于世的样子。殿内四周石壁上那些形象各异的浮雕，不仅雕刻着神庙必有的宗教题材内容，也刻写着当时国王军队作战的场面和纪念文字，足以显示二世的傲气。

殿堂最深处的圣坛是太阳神神像、拉美西斯二世神像和其他诸位神像，每年的2月22日（拉美西斯二世的生日）和10月22日（拉美西斯二世登基日），初升的第一缕阳光会通过神门照进圣坛尽头，照在太阳神和拉美西斯二世神像上，这一神奇现象大概是建筑设计最早的采光设计了，惊叹法老们的大胆想象和设计师们的神奇智慧（60年代神庙搬迁之后，全世界的科学家绞尽脑汁，依然没能像古埃及人一样，让阳光在同样的日子照亮圣坛，而是晚了一天）。

古埃及是个崇拜太阳神的国度。在古埃及人心中，农耕的丰收和富足的生活都仰仗这位神明的恩赐。所以，太阳神阿蒙就成了古埃及人的崇拜中心。法老们为了加强和巩固统治地位，也会把自己喻为神的化身。位于卢克索的卡尔奈克神庙群，就是古埃及最大的太阳神的崇拜中心，所以又称太阳神庙。

这座神庙距今有3400年历史，用了2000年修建，可以说是古埃及留给人类的最丰富的艺术宝库，集合了古埃及人天文、地理、建筑、艺术等诸多智慧。

神庙有 134 根柱子，分 16 行排列，中央两排石柱高达 21 米，柱头为开放的纸莎草花。神庙原来有窗户，现在所见的神庙没有了窗户，明亮的阳光从石柱之间洒下，从石柱之间望去，左侧是蓝天椰树的景致，正面是高大的方尖碑直耸云霄，右侧是丰富精美的浮雕，走进神庙，就如走进了一处石林，美丽壮观，震撼着你的视觉。

石柱和墙壁的浮雕生动形象，美丽纤巧的象形文字，泛舟尼罗河的生命船只，有法老的爱情故事，有手握芦苇笔的智慧之神，有他们崇尚的象征健康长寿的诸神，有他们追求的生命的钥匙等。精美的浮雕体现了古埃及人对生活、爱情、生命的美好向往。

神庙里有处清澈的湖水被称为神湖，是专为太阳神所有，湖边是代表日出的屎壳郎神，而代表日落的圣公羊神在神庙外面两侧，约有 1 公里长。

埃及的每一座神庙，都是一座伟大的建筑、一处丰富的艺术宝库。

3000 多年前，没有任何现代建筑设备，古埃及人凭着聪明的智慧，利用他们所拥有的资源——尼罗河的水流、沙漠的沙土，把一块块巨石运过来，让一块块巨石站起来，然后用他们丰富的想象和精湛的技艺，雕刻出一段段历史的铭文。

站在这些气势恢宏的神庙前，看着雄伟庄严的法老像，欣赏着精致繁复的浮雕，我在想：3000 年前的人类，究竟是什么赋予了他们如此的建筑智慧、神话构思、艺术想象，还有高深的天文、地理知识？

三、初见撒哈拉

初见撒哈拉，是从阿斯旺前往阿布辛贝神庙的途中。

3 月的阿斯旺气温已达 34 度，太阳无私地宠爱着这片神奇的土地。

公路蜿蜒在沙漠之间，寂寞地伸向无尽的前方，汽车在望不到边的沙漠公路上，孤独地行驶着。

窗外，黄沙在广袤的土地上流淌着，表层是日积月累的风化的黑色沙石，像黑色皮肤覆盖在黄沙表面，好似他们族人的皮肤一样，在烈日下闪着光芒。

一望无垠的黄沙，没有丝丝绿意。偶然出现的沙雕和城堡，和孤寂的竖立在沙漠之间的电杆，是这块土地上唯一的风景。

这是一片无限热爱太阳的土地，太阳无限青睐的土地，没有山川，没有树林，只有赤裸的阳光炙烤着的无边的空旷、洁净的天空俯瞰着的单一的色泽。

我透过车窗，在流动的视线里欣赏着这片沉厚雄壮、空旷荒芜、寂寞单调的土地，幻想着沙漠变成了海洋。我驰骋在这片海洋里，想着荷西和三毛的故事，想着三毛在这片神奇的土地留下的那些脍炙人口的文字。

渐渐地，眼前出现了真正的海洋，沙漠尽头，一汪湛蓝的海水在天际间流动，海水中林立着黑色的石头，还有鱼儿在海洋中游弋。

那一片蓝色的水域，在天边延伸着，我看到了海天相连的景致，有那么一阵子，似乎还看到了礁石和椰林。

我以为自己出现了幻觉，听到有游客问导游远处是海洋吗，导游说这里看不到海洋，是我们看到了海市蜃楼。

这不是幻觉，是沙漠的海市蜃楼。

天空是无垠的蓝色，大地是无边的黄色，在这黄色与蓝色之间徜徉的海洋，是大自然赏赐沙漠的神奇景观，是阳光赋予视觉的豪华盛宴。

从阿斯旺到阿布辛贝有 3 小时路程，原路返回时，正值夕阳西下。

火红的夕阳像巨大的圆盘悬挂在天边，书写着"大漠孤烟直，长河落日圆"的壮观画面，沙漠没有了午后骄阳的炙烤，似乎也温和了起来，天边的夕阳渐渐挥手告别，留下美丽的余晖飘散在沙漠尽头，余晖像编织在天边的绵长的彩带，装点着空旷无垠的大漠，给孤寂的沙漠增添了一抹美丽的色彩。

天色渐渐暗下，余晖在暮色中泛着光亮。沙漠的天空，被深邃的蓝和浅淡的红，装点出神秘的美丽。沙漠没有了色彩，隐约着突兀的沙丘，在暮色中忽隐忽现，造型各异的沙丘似乎在彰显着大自然的鬼斧神工。

彩带渐渐从天边散去，黑暗笼罩了大漠。仰望天空，撒哈拉沙漠的上空星光闪闪，那闪闪的星光像盛开在夜空中的白色小花，又像飞舞在苍穹中的无数萤火虫，越来越明亮，越来越密集，它们在撒哈拉的夜空倾其周身光芒，争相绽放。

一个个明亮的光点被隐约的光线勾勒出一个个美丽的图案，图案在星空中被赋予了神话般的名字，水瓶座，金牛座，白羊座，双鱼座……那满天的繁星在他们既定的星座里，闪着明亮的光芒，在遥远的星空守望着这神秘的沙漠，祝福着沙漠大地的芸芸众生。

往返车程近 7 小时，因为有撒哈拉的陪伴，毫无倦意。这片形成于二百五十万年前，至今堪称世界第一的大漠，曾是我青春的一个梦想，梦幻般的海市蜃楼，壮丽的大漠夕照，美丽的夜空繁星，还有大漠无边的空旷，寂静的荒芜，深沉的雄壮。当这片土地让青春的梦想成真的瞬间，我相信，生命中所有的梦想都将会实现。

四、走进撒哈拉

初见撒哈拉，惊喜着大漠风光在时辰之间的变换，而走进撒哈拉，却沉默于那些在岁月里简单重复的生命。

当地时间 5 时，在城市朦胧的晨曦中走进沙漠。

强劲的冷风吹进身体，用最快的速度用所有的装备把自己包裹起来，手脚并爬登上沙山。

火红的太阳从沙漠尽头蓬勃而出，红彤彤的悬挂在天边，像巨大的火球，散发着热烈的光芒，让撒哈拉的早晨金光灿烂，盛装出场。

张开双臂，在镜头里拥抱着撒哈拉的太阳，张大着嘴，吞吐着这太阳的光芒。

很快，红日离开了地平线，隐去羞涩的面颊。阳光开始耀眼。看不清了她的面孔，只有无数道金色的光芒照射在细软的流沙上，留下一道道颀长的影子。

沙山很高，很美，沙土很细，很绵，躺在撒哈拉这绵软的沙土上，看着撒哈拉蔚蓝洁净的天空，享受着撒哈拉温暖明亮的阳光，感受着生命本初的原始和心灵最真的宁静，在平如纸张的沙山上，轻轻地留下自己的手印，告诉撒哈拉我已来过。

从沙山下来，继续乘车前行。酷路泽在沙漠中奔驰，扬起的黄色沙土一路跟随，四周空旷无边，偶见零星的沙草点缀在荒芜的沙漠间。太阳开始发威，明晃晃地肆意着他的光热，炙烤着赤裸裸的沙漠。

越野车在沙漠上撵出一道道车辙，车辙的尽头是贝都因人生活的地方。

贝都因人是在沙漠旷野过游牧生活的阿拉伯人，他们以氏族部落为群居单位，一夫多妻，靠饲养骆驼为生。我们所看到的是一个 50 人的氏族部落，零零星星的茅草房散落在沙漠上。在一间用椰枣树叶搭建的半封闭的厨房里，一位身着黑色阿拉伯服的蒙面女子在为客人烤饼。烤饼是他们喜欢的食物。

女子动作娴熟地揉面、擀面，然后将擀好的面饼放在火上，反复翻烤几次，然后用长棍挑起来递给导游以供游客品尝。

蒙面女子身边坐着一位满头卷发，有着大眼睛的小女孩，女子始终没有说话，身边的女孩抬起头，不笑也不说话，漠然地看着我们。据导游介绍，贝都因人大多近亲结婚，近亲繁殖，所以好多小孩子都不会说话。

从简陋的厨房出来，太阳火辣辣地烤着。我忽然有些感伤，在现代文明快速发展的今天，是地域的因素，还是种族的限制，命运对她们注定周而复始，简单复制？

这里没有电，远处的地下水井是他们的生活用水。离厨房几十米处是部落的客厅，长长的客厅里放置着看不出花色的坐垫，这是他们吃饭聚会的地方。白天，男人会出去干活，带回来椰枣、粮食等生活必需品。晚上，他们会在这里唱歌跳舞。导游说他们生活得很快乐很满足。

厨房和客厅之间，有一处白色的石头垒砌的房子，是他们做礼拜的清真寺，也是这片沙漠里最好的建筑。

站在清真寺门口，看着里面放置整齐的坐垫，回头再看看那些耶叶搭建的简陋房屋，和房屋之外的贫瘠，我思考着他们很快乐很满足的生活，是每天5次的礼拜还是每晚重复的歌舞，是他们知足常乐的天性还是他们对现实的无奈？

他们是沙漠的孩子，生长在沙漠，扎根在沙漠，虽然他们的家园给不了他们物质生活的富足，但因为对这片土地的无比热爱，所以他们快乐并满足。我如此猜测。

沙漠里这几辆白色的越野车给这个原始的部落带来了短暂的喧闹。

我不知道，这些上帝派驻的沙漠之子，会不会因为外来的喧闹而破坏了他们的满足和快乐？

想起三毛在《撒哈拉故事》里的一段话："生命，在这样荒僻落后而贫苦的地方，一样欣欣向荣地滋长着，它，并不是挣扎着生存，对于沙漠的居民而言，他们在此地的生老病死都好似是如此自然的事。我看着那些上升的烟火，觉得他们安详得近乎优雅起来。"

这，是否就是撒哈拉的神奇魅力？

五、红海

红海位于印度洋边缘，是阿拉伯半岛和非洲东北部之间的狭长海域，面积 45 万平方公里，由苏伊士运河与地中海相连，是世界上海水最热、最咸的海，也是最年轻的海。因海内的红藻，会发生季节性地大量繁殖，使海水变成红褐色，故称红海。

前往开罗的途中，沿途风光除了黄沙，碧蓝浩瀚的红海一路相伴。

红海和沙漠相连，碧蓝的海水在天边交汇，浩瀚、壮阔的海面让旅程美好，让人心旷神怡。

太阳洒下缕缕金线在海面上，海水在移动的视线中变化着丰富的色彩。

一望无边的海水在黄沙近处展开，直到天际，海水时而碧绿，时而碧蓝，时而群青色，时而普蓝色，时而如蓝孔雀羽毛飘飘浮浮，时而似蓝宝石颜色熠熠放光。变化丰富的色彩在海面上拼接起来，在黄白的沙土和瓦蓝的天空之间，神秘着她的美丽，流淌着她的色泽，给这片单调的黄色的土地增添了流动的清爽的生命之美。

埃及的天空很少有云，沿途中，常常会把天空当作海洋，幻想在这块被太阳干烤的沙漠上，天边的蔚蓝就是那汪洋的海水，给寂寞的黄沙以流动的陪伴。

看到红海，才发现这片土地上蕴藏着如此的美丽和神秘。见过很多的海，从未见过红海的美，她的颜色比天空深邃，比大海碧蓝，时而如发光的宝石镶嵌在沙漠与天空之间，时而如倾倒的染料浸漫在沙漠之上。

在这变化丰富的色彩中，海面上一波一波漾起的白色浪花，远看像漂游在海上的一艘艘白色的小舟，起伏、摇曳，一行行一行行漂游在碧蓝的海面上，甚是壮观。

渐渐地，海边隐现出山峦，那是西奈半岛。海面上出现了大型游轮和船只，那是通往苏伊士运河的船。

渐渐地，红海在视线中消失，空旷无垠的沙漠过后，到达开罗。

也许因为隔窗遥望，让距离产生了美，也许因为遥不可及，让美在想象中升华。

红海，成了我眼中最美丽最难忘的记忆。

六、亚历山大

从阿斯旺一路向北，途经宽广空旷的大漠，神秘美丽的红海，风光旖旎的尼罗河，到达亚历山大。

亚历山大是埃及第二大城市，曾做过埃及首都，拥有人口 1000 万，毗邻地中海，是埃及最美的城市，城市建筑是典型的地中海风格，虽然有些破旧，却让这个城市有了历史的沧桑感。

在亚历山大最先参观的是庞贝石柱，亚历山大的城市市徽。石柱位于老城区一块荒凉的黄土高地上，是当地人为了感谢亚历山大国王建造了这座城市而修建的纪念碑。柱高 27 米，由整块花岗岩砍凿而成，挺拔在两处狮身人面像之间，见证着这座城市的历史。

据说石柱旁原是亚历山大图书馆，因为地震毁掉，只留下现在的遗址。地震毁掉的还有世界奇观亚历山大灯塔。

亚历山大灯塔，是古埃及唯一一处没有宗教色彩的建筑，也是古埃及在建筑学领域的一项伟大成就，它不仅体现了古埃人的建筑智慧，也证明了当时的亚历山大海上贸易的繁荣和城市的强盛。

据说在公元前 280 年秋夜，一艘埃及的皇家货船，在驶入亚历山大港时，触礁沉没，船上人员全部遇难。这一悲剧震惊了整个埃及，于是国王托勒密二世下令修建导航灯塔，经过 40 年的努力，亚历山大灯塔以 400 英尺的高度成为当时世界上最高的建筑物，一直为黑夜航行在海上的船只指引着航线，直到公元 700 年地震被毁。

现在所看到的眺望地中海的城堡就是在灯塔遗址上修建的。

亚历山大毗邻地中海，气候温和，是最合适的避暑胜地。蒙塔扎皇宫花园就坐落于此，又称夏宫，是埃及末代国王法鲁克的避暑行宫，

夏宫面向浩瀚的地中海，周边是成片的椰林，高大挺拔的椰树茂盛着直耸云霄，茵绿的草坪铺成在椰林中，和蓝色的海面遥相呼应。

这一处花园，是埃及所到之处最美的也是最有生命的地方。

旅行的最后一站，能享受椰林带来的清凉，能感受灯塔曾经的光明，身心倍感舒适而宁静。

3月中旬，北方乍暖还寒时，开启大理之旅。

原本以为这只是一次快乐的旅行，因为和懂你的人一起去看风景。却不知这是一场有"毒"的旅行，侵蚀了内心。

当我走进大理古城，走进张家花园，走进崇圣寺，走过洱海，走过苍山，当我每天看着苍山日出日落，看着洱海云卷云舒，看着风花雪月的白族服饰，灰瓦白墙的白族民居，当我被大理石画陶醉，被大理美食诱惑，被"院有山林乐，人同天地春"的生活态度、乐观开朗好客的金花阿鹏感染时，我不再想停止这场旅行。

正如客栈主人所说，大理有毒。这是让你来了就不想离开的毒。

大理的"毒"，是她的美。

走进大理大学，正是樱花盛开的季节。一树树的花开，一片片的粉艳，浸染了整个山坡。盛开的，待放的，一团团一簇簇，娇艳欲滴，就像校园里的主人，洋溢着春的骄傲和气息。

远山的山顶上还是皑皑白雪，樱花就已用春的色彩灿烂了整个校园。黑天鹅在湖面嬉戏游弋，享受着春天的温暖和花香。铁树迫不及待地吸取着阳光，尽情舒展着凤尾般的枝叶，绽放着自己的生命颜色。

在校园铁树林里，偶遇四位在等待春游小孙子的白族老人。老人热情地招呼我们食用她们自制的粑粑、腐乳，还把她们自带的香蕉、柑橘给我们分享。在这些白族老人眼里，我们能食用她们的食品是一种荣幸。

走近洱海，你会时不时看到盛开着的一片片花海，油菜花的亮丽，薰衣草的典雅，虞美人的鲜艳，还有盛开在湖边那一簇簇一团团白色的不知名称的花，在水洗般洁净的天空下，装点着洱海的美。

走近苍山，玉带路上盛开着各色山茶花。当地人告诉我，大理最美的季节在白族三月节过后，大约五一前后，那时天气变暖，苍山雪融化，漫山遍野开满了山茶和杜鹃，整个大理沉浸在花海中，美不胜收。

早春的大理已用各种花开的艳丽打动了我，难以想象花开时节大理会是怎样的美艳。难怪有"苍山无墨千秋画，洱海无弦万古琴"的美誉。

白族人爱花，她们的头饰服饰上绣着花，"三方一照壁"的壁前种着花，"四合五天井"的天井里开着花，白色的民居外墙画着花，这个崇尚白色的民族在简单的色泽中用"家家流水，户户养花"的习俗装点出她们多彩的生活。

大理的毒，是她的静。

每天早晨可以安静地看着朝霞引燃天际，看着太阳蓬勃而出，然后沿着安静的高尔夫球场散步，听着鸟语吸着花香，上午可以安静地坐在阳台上，倒一杯清茶，看天空鸟飞云游，中午在安静的屋顶上享受着日光，听风从耳边吹过的愉悦，闻百合在空气中散发的芬芳。下午，在客栈安静的茶室，听着喜欢的歌，聊着无关的话题，编织着关于邻居的故事。

夜晚，可以安静地看满天繁星，看在薄云中游走的月亮，一层一层披上羽裳。

大理的静，不仅仅是环境的安静，更多是心的宁静。在大理寂照庵，没有香雾缭绕，有的只是在梵音中盛开的艳丽和散发的芳香。一簇簇一席席一蓬蓬的多肉，山茶，三角梅，盛开在庵里庵外各个角落。这些由于不同原因走进寂照庵的女子，洗去前尘，用花开的生命诠释着生命的美丽和珍贵。

有幸结识了开朗漂亮的白族妹，她常常诙谐地讲述着大理人的故事，从她玩笑的谈吐中，大理人真诚善良、乐观知足的生活态度不时感染着我们。他们用极简的白色色彩诠释着生命的追求，用积极的生活态度展现着生命的美好，用勤劳和智慧创造出缤纷的家园。

也许，这才是大理最应该汲取的"毒"。

# 大同土林

在二三百万年前，晋北的大同一带曾是一片浩瀚的湖水，有考古学家称作"大同湖"。那时的"大同湖"周边，气候温暖，雨量充沛，森林密布。

大约四十万年前，随着地壳的升降运动和气候的干湿变化，"大同湖"湖水日渐干涸，湖底逐渐上升。但"滴翠流霞，川原欲媚，坡草茂盛，群羊点缀"的美景犹在。

数万年前，在频繁的地壳构造变动中，在地震、火山的冲击下，大同湖悄然逝去，沉积的湖底渐渐隆起，曾经潜藏于水下的那片神秘的世界，带着生命的迹象，裸露在大同盆地。

在时间的长河里，在岁月的变迁中，裸露的湖底经历了无数次的风沙肆虐、流水侵蚀、地壳运动后，呈现出不同的形态，如垒如壁如墙如柱如丘如山如城如堡，高低起伏，疏密相间，形状各异，千姿百态。

这就是位于大同市云州区杜庄村的土林地貌。

如果说走进大同，哪一处风景最为心动，那就是这片土林。

走进土林是在盛夏一个晴朗的周日。虽是盛夏，但一夜的暴雨冲刷了夏季的燥热。天空洁净湛蓝，空气湿润清新，塞外特有的凉爽，让土林之行更多了愉悦。

土林的第一感觉，是自然、空旷、粗犷的原始美。方圆数公里内，没有楼宇，泛着白碱的土地，在土地上顽强生存的植被，还有突兀在土地上如城如堡的那一处处土丘，简单、直白地呈现在眼前，呈现在无垠的天空之下。

通向土林深处的小路两边，人工种植的景田花摇曳在微风中，给土林增添了色彩的灵动。

沿着土路前行，你会看到两边高地上形状各异的土林造型，有的如水柱，有的如堡垒，有的如城墙，有的如驼峰，一对对一组组一群群散落在碱土和绿植之间。

从土林剖面的土壤构造可以清晰地看到钙化层、砂石和盐碱三个层面，有规律地叠压在一起，呈现出灰红白三种不同的颜色，像书页一样一层一层，立体而有序，在不同的角度不同的光照下，土林变幻出丰富的层次和色彩。

从土林的衍生处可以清晰地看到大片水流冲刷的痕迹。据朋友讲，这是土林初生代，若干年后这些看似平坦的冲刷痕迹也会成为现在看到的这些有着各种造型的土林。

土林中有一片池塘，池水清澈碧蓝，池边芦苇翠绿，土林的倒影在水中朦胧迷幻。朋友告诉我这里原来是一座水库，这是水库滞留的水塘。它就像土林中一颗明珠，给了土林生命的灵动。

大同土林地貌集中在两片区域。走进另一片土林集中带，土林带来的第二个感觉，是神奇、壮观、浑厚的岁月美。

这里的土林造型更加丰富，有的如海狮海龟，有的如仙鹤雄鸡，有的如花瓶，有的如屏风，有的如笔架，有的如童话中的青蛙王子，有的如传说中的五指山峰。想起"横看成岭侧成峰，远近高低各不同"的诗句，不同的角度不同的距离，在不同的游客眼里，土林变幻出不同的形象，丰富出不同的故事。

这片土林的土质绵柔细软，抚摸如婴儿肌肤光滑细腻，踩摩如绢丝润滑冰凉。朋友给我们讲了一个关于土林的传说：土林，当地百姓称为"狐仙沟"，传说"大同湖"时代，湖里常有水怪横行四野，欺压当地百姓，于是百姓集体祈请佛祖为民除害。后来，佛祖召集当时聚居在这里的狐仙成功降伏了作恶多端的水怪。为了纪念狐仙，当地百姓修建了狐仙庙，这里也被称作"狐仙沟"。

土林中，那些被水流冲刷留下的痕迹，有的像败阵水怪的断掌断臂，有的像倚壁而立的千尊佛像，生动形象地印证了"狐仙沟"的传说。

时近正午，白晃晃的太阳一览无余地洒下来，热辣辣地炙烤着脚下这片黄土。

走在土林中，听着脚下嚓嚓的脚步声，看着周边挺拔如林的土壁，恍惚间如走在时光的隧道里。这片裸露在阳光下，看似没有生命的土林，似乎时刻在诉说着生命的故事：那被水流冲刷的沟沟壑壑，那被风雨侵蚀的棱棱角角，那被无数个春夏秋冬变换出的奇特造型，那在漫长岁月里形成的土壤结构，那被岁月磨灭之后的残垣断壁和白沙黄土。

这些岁月留下的痕迹，不正是大自然赐予人类的礼物吗？

我们收纳了这份礼物，就不能辜负他，就要学会欣赏，懂得保护。

就如土林贫瘠的土地上，那些或匍匐或摇曳的绿色生命，它们努力地把生命的根系深深地留在这片土林里，就是想和我们一起，努力留住大自然带来的这份礼物。

# 枫泾小镇

似乎和江南有缘。

5月末，没有计划地又开启了江南之行。

原本只是去参加周末在上海的新商科论坛，因为早到一天，于是走进枫泾古镇。

枫泾古镇，地处上海西南端，从上海市区出发大约一小时车程。

江南的古镇，似乎风格和布局大体相同，水桥河道街巷长廊，但对于有着江南情结的我来说，对所有的水乡古镇都有着无比的喜爱。

站在桥面上远眺，白墙黛瓦的房屋高低绵延至桥梁之间，碧绿的河水在上午的阳光下泛着光泽，茵绿的水草在屋脚下蔓延着，高大的古木挺拔在岸边，繁茂的枝叶和水面上细密的水草遥相呼应，给上午的古镇增添了静谧和美好。

这正是我印象中的水乡，是我喜爱的景致。

枫泾，就这样像走过的所有古镇一样映入了我的记忆。

枫泾古镇历史悠久，据说 2000 多年前已有百姓生息。历史上，地处吴越交汇之处，素有吴越名镇之称，与沪浙五区县交界，是上海通往西南各省的最重要的"西南门户"。

走在青砖铺就的和平巷，街巷里纵横在屋顶的杂乱的电线，摊设在老屋门口琳琅的各色商品，斑驳的墙壁，陈旧的门窗，一切都散发着朴实的记忆里的烟火的气息。不是那个星巴克的广告牌，我一度以为自己走进的不是2019年的枫泾。

沿着街巷慢慢行走，阳光透过屋顶在小巷洒下一缕缕金色的光。踩着这明媚的阳光，不时驻足浏览一下路过的商品，拿起手机拍一下那些年代久远的门窗，想寻找1500年前这个曾是吴越集市的影子。

从枫泾古戏台望向泰平桥，拱形的桥梁横跨在水面上，像一副巨形扁担担负着两头绵长的建筑，连接着来来往往匆匆忙忙的足迹。桥面上，有游客举着相机在取景，想起了卞之琳的那句话：你站在桥上看风景，看风景的在楼上看你。

走过泰平桥，是典型的江南水乡建筑长廊。长廊里侧多为民房，现大多作为餐饮营业。

长廊对面，清晰可见江南民居，从水中生长出来的白墙灰瓦的2层建筑，木质格栅窗，几节石头台阶从建筑物延伸至水面。每次看到这些典型的水乡建筑，眼前总是会出现头戴花巾、手挽菜篮的江南女子在河边淘洗生活的画面。

白色的墙面陈旧斑驳，浸润着岁月的痕迹，绿植在巨石垒砌的根基缝隙里，摇曳着生命的坚强。我沿着长廊慢慢地走着，任凭店主热情的招呼，目光始终没有离开对面那些透着历史痕迹挂着岁月沧桑的建筑。

每每看到这种景致，内心都有一种莫名的冲撞，有对岁月对生命的感慨，也有对历史对文化的尊重。

走在枫泾古镇，更多的体会是文化的气息。

在吕吉人画馆，看到了画家笔下枫泾的小桥流水和江南建筑。浓缩在画笔下的小镇典雅宁静，凝结着这位旅美华裔画家对故乡的真挚情感。吕吉人是国内唯一的一位在美国获得国画金奖的华人，是著名画家陈逸飞的同班同学。他是一位在西方现代绘画艺术陶冶之下仍用宣纸和毛笔来调和色彩的画家，最终将传统的工笔重彩打入西方画坛，取得了成功。

在程十发祖居，看到了这位历任上海画院院长的著名画家的成长轨迹。

程十发，出生于枫泾古镇和平巷的祖居。祖居建于清代，坐北朝南，砖木结构。前后幢布局，前为平房，后为二层楼房，祖居内有天井，花园，是典型的江南老式宅院，古朴典雅。

祖居后屋一层再现了当年主人生活的一些场景，二层以程十发成长和取得成就为主线，图文结合介绍了画家的生平事迹。这位成就斐然、享有盛誉的艺术家，在枫泾浓郁的文化孕育和熏陶下，自20世纪50年代以来，就以连环画、插图影响于画坛，在人物、花鸟方面也独树一帜。我们熟知的《画皮》《孔乙己》《儒林外史》等连环画都出自画家笔下。

因为有事没能走完古镇的所有街巷和景点，没能走进丁聪漫画馆和金山农民画展中心，但不经意和枫泾古镇的相识，让我有了再次相约的理由。

枫泾古镇，期待再见。

# 走进鲁迅故里

春暖花开的四月天，来到水乡绍兴，走进鲁迅故里。

鲁迅故里东入口广场，是一堵巨大的花岗岩景墙。景墙高 4.5 米，长 15 米，上面镌刻着"鲁迅故里"四个大字，字体下面是故里街景风貌，右侧是手夹香烟目光深邃的鲁迅画像，画像映入眼帘的瞬间，脑海现出先生"横眉冷对千夫指，俯首甘为孺子牛"的精神和气质。

景墙前有两组图像，一组是鲁迅和小伙伴闰土，一组是鲁迅和他的老师寿镜吾先生。未走进故里，景墙这幅巨幅木刻版画就抢先让我们一睹了故里风貌。

从游客中心入口进入鲁迅祖居，祖居是周氏最早的宅院，占地3000 多平，是一座典型的江南官宦人家住宅，由四进院组成。前面第一进为台斗门，第二进为德寿堂，是周氏族人的公共活动场所，用作喜庆、祝福和接待宾客。

祖居由中轴线分为东西厢房，沿着中轴线来到第三进，是香火堂，用来祭祖的场所，香火堂挂有"德祉永馨"牌匾，意指德行和福气源远流长。

香火堂左边是佛堂和餐厅，右边是主人卧室和书房。祖屋第四进是座2层小楼，原为周氏家族主要的生活区，现在因为维修封锁。楼上展示的小姐的书房、绣房、闺房和淋浴房现均已搬至一层。

祖居真实地再现了清代绍兴大户人家的生活场景。

祖居西侧，是鲁迅纪念馆。纪念馆展厅简约大气，庄重朴实，展示了鲁迅在绍兴的青少年生活，在南京、日本、绍兴、北京、厦门、广州、上海等地生活和战斗的事迹，通过鲁迅书信手稿、初版书刊、实物资料、照片等展品，生动真实地再现了先生一生的光辉业绩——鲁迅一生写下了八百多万字的著译，留下了《呐喊》《彷徨》《野草》《朝花夕拾》等许多脍炙人口的作品。

从展览馆出来，进入鲁迅故居。这是鲁迅的出生地，在这里，他度过了整个童年和青少年时代，直到十八岁离开家乡外出求学。辛亥革命时期，鲁迅从日本回国后，回到故乡任教期间也住在这里。

从台门斗侧门进去，是一曲尺形长廊，长廊尽头是桂花明堂，俗称天井。据导游讲：这里原来种着两棵很茂盛的桂花树，桂花明堂因此得名。这是个纳凉的好地方，每到夏夜，小鲁迅便坐在这大桂树下的小石凳上，继祖母蒋氏一边轻轻摇着芭蕉扇，一边给他讲述"猫是老虎的师傅""水漫金山"等故事。（鲁迅在作品《狗·猫·虎》和《论雷峰塔的倒掉》时对这些童年记忆都有描述）

过了桂花明堂，是鲁迅卧室。卧室简朴整洁，一张铁梨木床，一把椅子，一张书桌。1910年到1912年两年多的时间里，鲁迅就常常在这里备课、写作到深夜。他的第一篇文言小说《怀旧》就诞生于此。

鲁迅故居还展示有母亲鲁瑞、继祖母蒋氏、原配夫人朱安的卧室以及他和闰土原型章运水第一次相识的灶房。

故居后面，是鲁迅笔下的百草园。百草园原是周氏家族的一个普通菜园子，因为荒芜，杂草丛生，被雅称为"百草园"。春天的百草园油菜花粲然地盛开着，竹篱笆里草木茵绿，成片的竹林生机盎然，百年的皂荚树、桑葚树高耸入云，枝叶繁茂。站在古树那裸露的粗壮根系间，似乎听到了那一声声朗读："我家的后面有一个很大的花园，相传叫作百草园……不必说碧绿的菜畦，光滑的石井栏，高大的皂荚树，紫红的桑葚，也不必说……"

百草园一侧，通往"鲁迅笔下的风情园"，风情园以鲁迅笔下的人物、风俗为载体，设立了"绍俗祝福""越俗漫画""迎神赛会""男婚女嫁"以及花雕酒的来历五个展示区域。

从鲁迅故居出来，东行百余步，往南走过一座石板桥，就是鲁迅的塾师寿镜吾先生的故宅。三味书屋就在这里。

寿宅也是江南大户人家典型的四进布局。第一进为台斗门，隐门上悬挂有"文魁"匾，彰显着书香门第的荣耀。第二进为思仁堂，是祖宗忌日、红白喜事、接待贵宾时家人聚会的场所。穿过天井，来到第三进，这里陈列着寿先生当年的书房、小堂前和起居室原貌。

穿过一个圆洞门，就是三味书屋旧址。三味书屋是当时绍兴城内一所颇负盛名的私塾。鲁迅十二岁开始到这里读书，前后长达五年时间。书屋35平方米，正中上方挂有"三味书屋"牌匾，"三味"的意思为：读经味如稻粱，读史味如肴馔，读诸子百家味如醯醢。

匾额下方挂着一幅象征"福禄"的《松鹿图》，学生每天上学要先对着匾额和《松鹿图》行礼，然后才开始读书。《松鹿图》下面的长条案几上摆有寿镜吾先生的画像。

三味书屋后面有一个小园子，是鲁迅读书时和同学们嬉戏玩耍的乐园。

"虽然小，但在那里也可以爬上花坛去折蜡梅花，在地上或桂花树上寻蝉蜕。最好的工作是捉了苍蝇喂蚂蚁……先生在书房里便大叫起：人都到哪里去了？！……"

无论是百草园还是三味书屋，都给鲁迅童年留下了美好的记忆。

从三味书屋出来，已近下午四点，沿着道路往西，会看到鲁迅笔下的咸亨酒店。酒店入口处再现了当年的陈设，孔乙己铜像在酒店门口喜迎四方宾客。

沿着道路继续往西，在鲁迅西街往前 300 米左右，有一条南北通透的窄弄，路标显示：仓桥直街，被称为绍兴老街。

老街分为南北部分，被人民西路分开，南街主要为民居，夜色下来较为冷清，北面商业气氛浓郁，有状元茶馆、震元堂药店、黄酒馆等，体现着浓厚的江南气息。

天色渐渐暗了下来，站在拱桥上，河岸两边灯光倒映在水面上，像一条彩色的光带装点着河边的老屋。

从鲁迅故里再到绍兴老街，这座古老水乡浓厚的文化底蕴深深感染着我，绍兴，不愧为"没有围墙的博物馆"的称号，下次再见。

一、异域风景

高耸的云杉直向空中，茵绿的草坪一望无垠，黄色的蒲公英像散落在绿毯上的星星，碧绿澄澈的高山湖泊，似镶嵌在青山脚下明亮的眼睛。

汽车在如画的风景中行驶着，视线扫过红顶白墙的安静木屋，扫过记忆中的童年梦想。

窗外风景如画，窗外如画的风景美得我不敢呼吸，美到我开始怀疑。

汽车在山坡上褐色的斜顶木屋前停下。

这是奥地利山区小镇，我们下榻的酒店。木屋三层高，坐落在茵绿的地毯之间，夕阳的光照倾泻在木屋顶上，流淌着温暖，在随之而来的小小的嘈杂中散开。

坐在酒店阳台上，那一坡坡绿色像倾泻而下的瀑布，落日的余晖在瀑布之间闪烁。远处，是墨绿色的似海洋般的森林，森林远处是覆盖着白雪的阿尔卑斯山脉，山脉远处是时而湛蓝时而云雾的天际。

零零星星的童话小屋安静地坐落在绿毯之间，瀑布脚下，海洋边缘……

当星星点点的阳光从草坪中消失，当夜幕在天际展开之时，小屋中透出的灯光由远及近闪烁开来，点缀着暮色下的风景，撩动着暮色中的情怀。

风，渐起，一阵阵吹过，山间夜晚的凉意袭来。有鸟儿从眼前飞过，唱着属于她的歌，有雨滴打在阳台上，奏出山间五月的音符。

独倚栏杆，出神地凝望。目光所及之处，有一座小木屋，深褐色的原木搭建的木屋静默在暮色中，显得深沉而凝重，似乎在等待主人的归来，木屋旁边是一株没有绿叶的枯树，清瘦的主干摇曳着清瘦的枝丫，笔直而挺拔，在倾泻而下的绿色之间，这纯粹而自然的褐色，自然而和谐地融为油画，写意成国画。

它们寂寞在夜风中，像寂寞的士兵守护着自己的家园，它们骄傲着脚下绿色的生命，像骄傲着自己神圣的使命一样，不管主人是否归来，不管枝头是否发芽，只在天籁之间留下这一处风景。

风，开始带来寒意，天，慢慢被阴云覆盖，真正的夜幕在阿尔比斯山下的村庄降临了。

想看看久违的星星，但天空被阴云笼罩着，想继续绿色的陶醉，但色彩被夜幕覆盖了。

安静的坐在阳台上，安静地享受着夜色下的宁静。

这样的时刻，这样的空间，这样的心境，我知道，错过，不会再来。

很多时候，很多景致，很多心境，很多事件，在特定的空间下自然交融，错过了，真的不会再有，也许一生。

二、走进童话世界

每个人的童年都有一个梦想中的童话世界：茂密的森林，茵绿的草坪，红色的小木屋，神秘的白色城堡……

当旅行大巴开往阿尔卑斯山脚下时，梦想中的童话世界开始一路呈现。

那无垠的田地像刚刚换洗过的新绿色地毯，延展着铺向远处茂密的树林。林边，红色的尖顶小木屋在进入视线的同时，童年的梦想世界开始在脑海呈现。

这个梦想在旅程中越来越真实，真实到自己恍惚，不知是回到了童年的梦幻，还是走进了现实。

当进入奥博阿梅尔高小镇时，我已不再去追究现实和梦幻，因为，这里的一切远比我童年的梦幻世界丰富很多精彩很多。

奥博阿梅尔高小镇坐落在德国南部黑森林地区阿尔卑斯山脚下，有百十户人家。

小镇四周群山环绕，每家每户外墙上都清晰可见华丽精美的壁画，这些壁画是用石灰浆颜料为原料，被热爱艺术的人们赋予了丰富的题材，绘画在房屋外墙上，表达着人们丰富的情感色彩：有的充满浓郁的生活风情，有的再现了人们休闲、劳作的生活场景，有的讲述着一段宗教故事，有的描绘着一个历史传说，还有的就是一个格林童话。

走进小镇，就仿佛走进童话世界，走进了壁画博物馆，加之那一间间摆满木雕的精致小店，整个小镇充满了浓郁的中世纪遗风古韵，但飘香的咖啡，弥漫的音乐，又不失现代的纯净浪漫。

从壁画村出来，来到位于富森的童话城堡—新天鹅堡。

新天鹅堡也称白雪公主城堡，是迪士尼城堡的原型。沿着平整的柏油山路一路向上，山体海拔在千米以内，山路两边是高大的云杉，遮挡着斑驳的阳光。快到山顶时，下起了小雨，透过细雨，在绿树丛中隐现着一座白色城堡，神秘而威严，不禁让人遐思神往。

新天鹅堡始建于 1869 年，是根据巴伐利亚国王路德维希二世的梦想所设计，花费了十七年时间完成。

路德维希二世是艺术的爱好者，他一生受着瓦格纳歌剧的影响，构想了传说中曾是白雪公主居住的地方，并以瓦格纳创作的音乐剧《天鹅骑士》为灵感，修建了这座充满传奇色彩的新天鹅堡。

走近城堡，站在这犹如人间仙境的地方，你想象着城堡里面有关魔法、国王、骑士的古老传说，那茂密的原始森林，那绿意倾泻的山坡，那休闲漫步着的牛羊，还有山脚下那宽阔的天鹅湖。

对面山体上，老国王的黄色城堡和新天鹅堡遥相呼应，就如他们的传奇故事，穿越过时间和空间，被演绎着神话着讲述着……

今天的旅行，是一次童年的梦幻之旅。当旅行结束，忽然发现，人生的许多梦想终有一天会在生活中实现。

三、在法兰克福

百度知识：法兰克福（Frankfurt），正式全名为：美因河畔法兰克福，是德国第五大城市，德国乃至欧洲重要工商业、金融和交通中心，位于德国西部的黑森州境内，处在莱茵河中部支流美因河的下游。

行程的第三日，来到德国法兰克福，走入罗马广场，走上美因河大桥，走进法兰克福大教堂。

罗马广场是法兰克福现代化市容中，唯一仍保留着中古街道面貌的广场。广场旁边的建筑物有旧市政厅，其阶梯状的人字形屋顶，别具特色。罗马广场西侧的三个山形墙的建筑物，是法兰克福的象征。

美因河大桥是一座钢架结构的人行桥梁，横跨美因河，连接着法兰克福的南岸和北岸，市民称之为"铁桥"。桥上栏杆处挂满了各种材质和形状的象征美好爱情的同心锁，巨型白色船只不时从桥面穿过。

站在桥面上，可以看到高耸入云的法兰克福大教堂。教堂位于罗马广场以东，是一栋哥特式建筑，又称皇帝大教堂，是德国皇帝加冕的教堂。从 14 世纪迄今，已有 600 年的历史。步入教堂，正面是耶稣十字架受难像，教堂整体色彩以红色为主，高大的红色廊柱，配以红砖铺就的墙面，和白色的穹顶，庄严而肃穆。教堂内陈列有大主教们在加冕典礼时所穿的华丽衣袍。

四、罗马一日

跟随奥黛丽．郝本的脚步，走进罗马，在这个有着 2500 年历史的古罗马帝国发祥地，在这座既充满文化气息又罗曼蒂克的古城过一个阳光的假日。

西班牙广场，游人众多，破船喷泉周围，是驻足欣赏和拍照的游客，喷泉对面，是因影片《罗马假日》而闻名的西班牙台阶。

台阶上坐满了游客，温暖而明亮的阳光洒在台阶上，幸福着幸福的情侣，温暖着温暖的心事。如当年郝本在台阶上邂逅浪漫，开启罗马假日一样，西班牙台阶开启了罗马一日的快乐旅行……

罗马有"喷泉之城"的美誉，拥有 3000 多处喷泉，其中最知名的最大的喷泉为"幸福喷泉"，也是全球最大的巴洛克式喷泉。

幸福喷泉又称许愿池，传说在远古时代，出征的罗马男子都会来到许愿池旁，投下一枚银币，祈祷自己能胜利归来，所以许愿池也是力量和胜利的象征。

相传如果有人背对着喷泉，右手拿硬币从左肩上方向后投入水中，就能实现自己的愿望。因了这个美丽的传说，许愿池周边挤满了来自世界各地的游客，投币祈福。

来到巨大的拱形建筑——斗兽场，两棵古老的苍松挺拔在残垣断壁的斗兽场一侧，似乎在讲述着场内的血腥和残忍，也诉说着古罗马的辉煌和沧桑。

斗兽场建于公元1世纪，占地约2万平方米，是古罗马帝国的象征。旁边是公元315年修建的君士坦丁凯旋门，2000多年的风霜雪雨没有改变它初建时的造型，完美地诠释了凯旋的真正意义。

罗马城内保留了许多丰富的古迹，那些废墟和古建筑在经历了沧桑岁月后，给这个曾经的辉煌帝国带来了永恒之都的庄严，难怪罗马被称为全球最大的"露天历史博物馆"。

罗马是全世界天主教会的中心，有700多座教堂与修道院，市内的梵蒂冈是天主教教皇和教廷的驻地。梵蒂冈是世界上最小的国家，国土面积0.44平方米，拥有人口1000多人。

位于梵蒂冈一侧的是巴洛克式建筑风格的圣彼得广场，也是罗马最大的广场，广场似呈椭圆形，又似半圆形，地面用黑色小方石块铺砌，两侧是由284根圆柱围成的两条半圆形大理石柱廊，圆柱上方是140位圣人雕像。

站在这气势恢宏，雄伟壮观的广场中央，不断地变化着角度，想用镜头拍下这震撼心灵的建筑，想像着在这宏伟的广场之上盛大的宗教活动的壮观场面，这是罗马文化和宗教信仰的有机结合。

广场的正对面，是世界上最大的教堂圣彼得大教堂。圣彼得大教堂由米开朗琪罗设计，建于1506年至1626年，走进庄严神圣的大殿，就走进了欧洲艺术博物馆。大殿内保存有欧洲文艺复兴时期许多艺术家如米开朗琪罗、拉斐尔、达·芬奇等的壁画与雕刻作品，这些珍贵的作品见证了欧洲文艺复兴时期文学艺术的巅峰。

因了《罗马假日》走进罗马，罗马以它厚重的历史感、浪漫的城市情怀和丰富的艺术作品，深深吸引着我，但愿抛在许愿池的那一枚硬币能实现我再回罗马的心愿。

五、写在慕尼黑

今天前往德国慕尼黑。

慕尼黑是德国巴伐利亚州的首府，是德国第三大城市，是德国第二大金融中心，是欧洲最大的出版中心。

从市中心的玛丽亚广场开始慕尼黑之游。

玛丽亚是巴伐利亚的守护神，据说 1516 年鼠疫黑死病蔓延，当地居民虔诚地祷告祈求圣母玛利亚的庇佑渡过难关。灾难过后，为了表示感恩，将竖立着玛丽亚圆柱的广场改名为玛利亚广场。

玛利亚广场是慕尼黑城内最古老的中心广场，装饰富丽堂皇的新市政厅位于玛利亚广场北侧。市政厅建于 19 世纪末，是一座巍峨挺拔的棕黑色建筑，岁月的洗礼让建筑外表像撒了一层白霜。这是一座典型的哥特式建筑，雕像，尖顶，玫瑰花窗，市政厅钟楼上装置有全德国最大的木偶报时钟。

我们到达时是下午一点，正值巴伐利亚州 100 周年纪念日开幕式，这是一场由教会和政府主办的大型活动，约有 7 万人涌入市政广场，参加这盛大的宗教庆典活动。

从广场出来，来到德国皇家啤酒屋。

啤酒屋从外观看，是一座很普通的酒吧，你不会想到它建于 1589 年，历经了 400 多年的沧桑。但走进去，你立刻会被酒吧特有的氛围感染，被建筑恢宏的气势所震撼。

啤酒屋内部空间很大，长长的一条走廊直通向对面出口，两边长条桌上几乎坐满了喝酒聊天的顾客，每一位顾客脸上都洋溢着无限热情，这样的热情会让你有举杯豪饮的冲动，而穹式屋顶上那一幅幅鲜艳的生动的彩色画作恍惚间又让你来到艺术的空间，感受着文化和古典的味道。当那个拿着面包圈的金发女郎出现在身边时，才想起你来到的是酒馆不是博物馆。

在返程途中，和导游聊到德国教育，感触颇深。

当我们的学龄前儿童在两代人的精心呵护中游走于书法绘画音乐唐诗国学数字之间时，德国同龄的孩子们在学什么呢？

他们在学习生存能力：去超市和菜市场，学着拿钱买东西；去认识草木，学着种植植物；去图书馆，学着借书还书；去坐公共交通，学着记住必经的路线；学着帮助父母干家务，整理自己的衣物和玩具，教育的主导思想是引导孩子主动去做自己能做的具体的事情。

他们在学习环保意识：让孩子接触大自然，体会大自然带给人类的美好，激发他们爱护环境保护环境的意识；带他们到垃圾处理厂参观，学会分拣垃圾；鼓励赡养小动物，学会爱惜生命，保护资源等。

他们在学习基本社会常识：让他们参观警察局，学会遇到坏人如何报警；参观消防局，学会如何躲避火灾，如何灭火；参观市政府，认识市长，了解市长工作的环境，懂得保护社会资源，还有告诉孩子们暴力的后果、公众场合不能大声说话等，教育的主导思想是让孩子们从小就有社会责任感。

他们在学习品德和情商的培养：学校通过组织一些集体活动，通过在孩子们日常的玩耍中，让孩子学会尊重他人的隐私，懂得爱护小生命，做到诚信，要遵守诺言，答应过的事要在规定的时间内做到，要懂得礼貌，要学会坚强等。

德国孩子们学龄前的教育除了这些常识和技能的培养，就是快乐地玩耍，学校没有理论知识课程。他们的教育理念是：给孩子的大脑留下无穷的想象空间。他们认为过多的理论知识过早地植入，会使孩子的大脑变成了计算机的硬盘，只会大量地储存，而没有创新，当大脑习惯了储存功能时，就丧失了主动思考的能力。

在整个返程旅途中，甚至十几天的整个行程中，我一直在感慨，教育才是国家文明和兴盛的根本。

六、美丽郁金香

走进荷兰库肯霍夫公园，视觉瞬间被色彩艳丽，姿态各异的郁金香的美丽冲击，身心刹那间沉浸在这花海的色彩和妩媚中，陶醉。

郁金香，被欧洲人称为"魔幻之花"，是荷兰的国花，与"风车、奶酪、木鞋"并称为荷兰"四大国宝"。

库肯霍夫公园的郁金香品种、数量、质量以及园林的陈列、布置堪称世界之最。园内1000多种郁金香被精心布置成一幅幅色彩缤纷的画卷点缀在草坪中，河流边，道路旁，柳荫下，花开之季，满园的芬芳和美丽吸引着各地游客。

荷兰流传着一个关于郁金香的浪漫故事：古代，一位美丽的少女住在雄伟的城堡里，有三位勇士同时爱上了她。一位送她一顶皇冠，一位送她一把宝剑，一位送她一块金堆。但她对谁都不钟情，只好向花神祷告。花神深感爱情不能勉强，便把皇冠变鲜花，宝剑变绿叶，金堆变球根，这样合起来便成一朵郁金香了。

因了这个美丽的故事，荷兰人更加对郁金香钟爱。象征神圣、幸福与胜利的郁金香，不仅被评为国花，而且使许多荷兰人致富，让荷兰也因此成为"郁金香王国"。

我们的行程时间正值郁金香盛开的季节，行程的第一站有幸走进郁金香的国度，徜徉在这郁金香的花海中，欣赏她的花容，聆听她的花语，那一丛丛、一簇簇被精心摆放、布置的花圃，灿然盛开的色彩，像一块块斑斓的地毯铺在园内各个地方，紫的高贵，粉的含蓄，红的热烈，黄的耀眼；那一株株、一朵朵挺拔的花朵，展现着千姿百态的美丽，有的盛开如碗状，有的俏丽如杯形，有的乍看如百合，有的形如飞鸟。

单色有单色的纯粹，复色有复色的艳丽，在花瓣的组合和重叠中被赋予着丰富的含义：洒有红点的黄花，称为"国王的血"，花瓣上有条纹分布的红花，称为"奥林匹克火炬"，而花瓣相互抱卷的花朵，叫作"情人的热吻"……

郁金香的美，不仅仅是她的色彩和花姿，还有钟爱她的人们赋予她的花语：

看到黄色郁金香，你会听到珍贵和爱惜的嘱托；走近粉色郁金香，你会感到友谊和幸福；站在红色郁金香旁，充满了喜悦和热爱；凝神紫色郁金香，充满高贵和无尽的情感；那双色郁金香，让你感受到相逢的惊喜，那白色郁金香，让你怀想起纯洁的初恋。

静静地站在花海中，静静地凝望着她的色泽，静静地聆听着她的花语，昨日旅途的劳顿早已化作心旷神怡。